通 编著

绘画 绘

一读就懂 一学就会

宋词 不用 背

光明日报出版社

图书在版编目（CIP）数据

宋词不用背 / 文小通编著；中采绘画绘. -- 北京：
光明日报出版社, 2025. 3. -- (一读就懂一学就会).
ISBN 978-7-5194-8572-6

Ⅰ. I222.844

中国国家版本馆 CIP 数据核字第 2025ZM3226 号

宋词不用背

SONG CI BUYONG BEI

编　　著：文小通	绘　者：中采绘画
责任编辑：孙　展	责任校对：徐　蔚
特约编辑：张春艳	责任印制：曹　净
封面设计：李果果	

出版发行　光明日报出版社

地　　址：北京市西城区永安路 106 号，100050

电　　话：010-63169890（咨询），010-63131930（邮购）

传　　真：010-63131930

网　　址：http://book.gmw.cn

E - mail：gmrbcbs@gmw.cn

法律顾问：北京市兰台律师事务所龚柳方律师

印　　刷：天津裕同印刷有限公司

装　　订：天津裕同印刷有限公司

本书如有破损、缺页、装订错误，请与本社联系调换，电话：010-63131930

开　　本：170mm×240mm	印　张：15

字　　数：200 千字

版　　次：2025 年 3 月第 1 版

印　　次：2025 年 3 月第 1 次印刷

书　　号：ISBN 978-7-5194-8572-6

定　　价：58.00 元

目录

李煜

亡国之君，千古词帝

多才多艺

故国不堪回首月明中

人物介绍

姓名：李煜　　名：从嘉　　字：重光
生卒年：937—978
出生地：金陵（今江苏南京）

破阵子

四十年来家国，三千里地山河。凤阁龙楼①连霄汉，玉树琼枝作烟萝②，几曾识干戈③？

一旦归为臣虏，沈腰潘鬓消磨。最是仓皇辞庙④日，教坊犹奏别离歌，垂泪对宫娥。

字词注释 考点

① 凤阁龙楼：指帝王居所。
② 烟萝：形容树木枝叶繁茂，如同笼罩着雾气。
③ 干戈：武器，此处指代战争。
④ 庙：宗庙，古代帝王供奉祖先牌位的地方。

译文

南唐建国已40年之久，山河壮丽，幅员辽阔。宫殿雄伟高入云霄，宫苑内奇花异木，烟雾笼罩，何曾见识过纷纷战火呢？

自从当了俘虏，早已是憔悴忧郁，两鬓斑白。难忘当初仓皇辞别宗庙之时，教坊里还演奏着离别的乐曲，而我也只能默默垂泪面对宫女们。

说词解意 考点

　　这首词的上阕写故国繁华，下阕写亡国惨状，从极盛转为极衰，极喜而后极悲。中间用"几曾""一旦"两词贯穿转折，转得不露痕迹，却有千钧之力，悔恨之情溢于言表。

　　作者作为皇帝当了阶下囚，其所受所感切都来得尤为真实与深沉，给人以大彻大悟之感，尤其是一句记叙离开皇宫哭辞宗庙之景，其沉痛惨淡之情，跃然纸上。

走近词人

　　李煜登基时，南唐的国力已经非常衰弱，时刻面临着北方强大的赵宋政权的威胁，随时都有亡国的危险。但他全无御敌之策，只好醉生梦死。

　　厄运终于降落到了李煜的头上，宋太祖开宝八年（975），宋兵攻破南唐，李煜率子弟出降。作为俘虏，他被宋兵押往北方，从此开始了忍辱含垢的生活。这首词就是写于他被困之初。李煜被囚困三年，宋太宗"卧榻之侧，岂容他人鼾睡"，就以一杯毒酒，结束了李煜的生命。

开动小脑筋

"沈腰潘鬓"

　　"沈腰"的典故，说的是南朝梁时沈约，年老体衰，想辞去宰相重任，而梁武帝不允许。于是沈约请求外调，梁武帝又不答应。沈约心灰意冷，在写给朋友的信里说，自己年老多病，腰肢每月要缩小半分，腰带常常要缩紧……后世便以"沈腰"指代人日渐消瘦。"潘鬓"，说的是潘岳少年美貌，然而30多岁鬓发已斑白。后世便以"潘鬓"谓中年鬓发初白。

　　李煜自从做了俘虏，内心愁苦凄楚，所以用"沈腰潘鬓"入词，来写亡国之痛、臣虏之辱。

语文大拓展

你对南唐了解多少？

　　南唐（937—975）是五代十国时期李昇在江南地区建立的王朝，定都江宁（今江苏省南京市），传三世历一帝二主，享国38年。南唐盛时幅员有35州，方圆3000里，当时堪称大国。中主李璟、后主李煜，都擅长填词，风格婉丽，开后世之先。

相见欢

李煜

无言独上西楼，月如钩。
寂寞梧桐深院锁清秋❶。
剪不断，理还乱，是离愁❷。
别是一般滋味❸在心头。

字词注释 考点

❶ 锁清秋：深深被秋色所笼罩。

❷ 离愁：指亡国之愁。

❸ 别是一般滋味：另有一种意味。

译 文

　　默默无言，独自登上西楼，遥望天上月，残月如钩。寂寞的梧桐笼罩在深深庭院的凄凉秋色之中。

　　剪也剪不断，理也理不清，正是那远离故国之愁。别有一种无法言说的滋味在心头。

走近词人

　　李煜被俘，待罪汴京，被封为"违命侯"。李煜忍屈负辱地过起了囚徒生活。

　　李煜之词以被俘为界，分为前后两期，后期词作多倾吐失国之痛和去国之思，沉郁哀婉，感人至深。其实被俘前，李煜的诗词是洒脱不羁的，就像他写的《渔父》中有一句"花满渚，酒满瓯，万顷波中得自由"。而被囚后的李煜词风大变，尤其是其所作的《相见欢》，突破了花间词以绮丽腻滑笔调专写"妇人语"的风格，"变伶工之词为士大夫之词"。

语文大拓展

中主李璟

　　李璟是南唐第二位皇帝。不过，李璟不擅长治国，他奢侈无度，导致国力下降，被后周夺取了淮南江北之地。同时，李璟多才艺，擅诗词，这里介绍他的一首代表作：

摊破浣溪沙

菡萏香销翠叶残，西风愁起绿波间。
还与韶光共憔悴，不堪看。
细雨梦回鸡塞远，小楼吹彻玉笙寒。
多少泪珠何限恨，倚阑干。
　　其中，"小楼吹彻玉笙寒"
一句为千古名句。

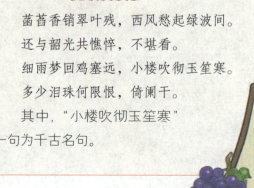

相见欢 ❶ （又名《乌啼夜》）

李煜

林花谢❷了春红，太匆匆。无奈朝来寒雨晚来风。
胭脂泪❸，相留醉❹，几时重❺？自是人生长恨水长东。

字词注释 考点

❶ 相见欢：原为唐教坊曲名，后用为词牌名。

❷ 谢：凋谢。

❸ 胭脂泪：林花着雨的鲜艳颜色，指代美好的花。

❹ 相留醉：一本作"留人醉"。

❺ 几时重：何时再度相会。

译文 考点

树林间的花已经凋谢，真是太匆忙了。无奈的是，晨起的寒雨和晚来的凉风，都太无情。

落红遍地，如同染了胭脂的泪水，花儿和看花人相互留恋，什么时候才能再重逢呢。人生的恨恨就像那东流的江水，无休无尽。

说词解意

词中李煜以花作喻，哀叹美好事物的易逝，感叹昔日的帝王生活，被那朝来的寒雨和晚来的风——宋兵的刀枪威逼下，过早地断送，因而流下伤心之泪。上阕的"朝来""晚来"与下阕的"长恨""长东"，遥相呼应，异曲同工，使整首词有了更强的感染力量。

语文大拓展

李煜之死

据说，李煜死于自己所作的一首词——《虞美人》。

"春花秋月何时了，往事知多少。小楼昨夜又东风，故国不堪回首月明中。雕栏玉砌应犹在，只是朱颜改。问君能有几多愁？恰似一江春水向东流。"

这首词创作的时间比《相见欢·林花谢了春红》晚三年，多年的阶下囚生活让李煜的亡国之痛更加惟心泣血，他幻想故国明月，憧憬故园东风，溢于言表。宋太宗通过这首词觉察出了李煜痛苦悔恨之情，为了铲除隐患，便派人用"牵机药"毒死了李煜。

柳永

屡试不第，
醉心填词，
成功掀起
"宋词"风

放荡不羁

满腹才华

愤世嫉俗

头脑发热"莽撞"自毁前程

金牌制作人

人物介绍

姓名：柳永　　名：三变　　字：耆卿
生卒年：约987—约1053
出生地：崇安（今福建武夷山）

鹤冲天 ❶

　　黄金榜上，偶失龙头❷望。明代❸暂遗贤，如何向？未遂风云❹便，争不❺恣狂荡。何须论得丧？才子词人，自是白衣卿相❻。

　　烟花❼巷陌，依约丹青屏障。幸有意中人，堪❽寻访。且恁❾偎红倚翠，风流事、平生畅。青春都一饷❿。忍把浮名，换了浅斟低唱！

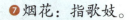

字词注释

不录用我，是皇上的不幸！

❶ 鹤冲天：词牌名。

❷ 龙头：旧时称状元为龙头。

❸ 明代：圣明的时代。

❹ 风云：际会风云，在仕途上得意。

❺ 争不：怎不。

❻ 白衣卿相：虽不入仕途，也如卿相一般尊贵。

❼ 烟花：指歌妓。

❽ 堪：能，可以。

❾ 恁：如此。

❿ 饷：片刻。

译　文

　　黄金榜上，我不过偶然不中，圣明的时代失去了我等贤能之士，未来我能走向哪里呢？既然没有得遂风云之志，也只好随心所欲地游乐，何必患得患失呢？做一个能填词的大才子，即使身着布衣，也不亚于公卿将相。

在歌姬居住的街巷里，有摆放着丹青画屏的绣房。幸运的是，我的意中人就住在那里，值得我去探寻。就让我与她相依，同度风流生涯，也算是我平生一大快事了。青春短暂，匆匆而过，我宁愿把所谓的功名，换作手中浅浅的一杯酒，以及耳畔低回婉转的歌唱。

说词解意 考点

这首词是柳永名落孙山后的一纸"牢骚言"，表现出词人身世飘零，蔑视功名，鄙薄功名的倾向。这首词上阕写词人自己榜上无名的气愤，下阕写词人虽然"考试"失利，但是又怎么样，他的生活依然很潇洒。全词写得自然流畅，读来朗朗上口，直抒胸臆，表达了词人对皇榜无名的愤慨，也展现了词人拿得起放得下的开阔胸襟。

哼！我可是落笔如有神。

他既然那么厉害，就去填词吧！

是！是！是！

开动小脑筋

柳永科举落第后，是怎么表达他的抗议的？

科举落第后柳永采用了一种直抒胸臆的方式，来表达自己心中的不甘。通过这首词，可以看出柳永勇于表达自己的情绪，他大胆地将自己的情绪宣之于纸上。不过他也没有因此消沉，他用自己生活的状态，表明他虽然没有得到朝廷的重用，但是有人欣赏他的才情，他的生活依然很洒脱。如此直白的表达，更接地气。

语文大拓展

柳永对后世有什么影响？

柳永打破"花间"小令一统词坛的局面，开启慢词的时代，对后来词人影响甚大。柳词熔融民间词与士大夫词，焊接小令与慢曲，拓展了词的体制和形式，并有创调之功。

这首词是柳永落第后的牢骚之作。据传，柳永后来再次参加科考，本已中第，但由于仁宗听闻了他作的这首《鹤冲天》，非常生气，并说"且去浅斟低唱，何要浮名"，于是，临发榜时，故意将柳永黜落。柳永从此便自称"奉旨填词"，在花柳丛中寻找生活的方向、精神的寄托。

定风波

柳永

自春来、惨绿愁红，芳心是事可可❶。日上花梢，莺穿柳带，犹压香衾卧。暖酥❷消、腻云亸❸，终日厌厌倦梳裹。无那❹。恨薄情一去，音书无个。

早知恁么❺，悔当初、不把雕鞍锁。向鸡窗❻，只与蛮笺象管❼，拘束教吟课。镇❽相随、莫抛躲，针线闲拈伴伊坐。和❾我。免使年少，光阴虚过。

字词注释 考点

❶ 是事可可：对什么事情都不在意。

❷ 暖酥：极言女子肌肤之好。

❸ 腻云亸：女子头发下垂貌。

❹ 无那：无奈。

❺ 恁么：这么。

❻ 鸡窗：指书斋或书房。

❼ 蛮笺象管：指彩色花笺和象牙笔管的笔。

❽ 镇：常。

❾ 和：允诺。

译文

入春以来，绿叶摧残，红花打蔫，我的一颗心也百无聊赖。太阳升上开满鲜花的树梢，黄莺在柳条间穿飞鸣叫，可我还拥着锦被没有起床。肌肤已经消瘦，秀发低垂散乱，终日里心灰意冷懒梳妆。无奈啊，薄情的郎自从去后，连一封书信也不给我写！

早知如此，当初就该把他的马鞍锁起来。只让他在书房中与笔墨为伍，用吟诗作赋来拘束他。

叫他整天跟随我，不许躲躲闪闪的，我手拿着针线跟他一处坐。能跟他厮守，我的青春年华便不虚度，也不用苦苦等待。

俚词创作出来也很美。

说词解意 考点

这首词的民歌风味很浓，非常具有鲜明的时代特色，显示出较少的思想羁绊，语言通俗，口吻自然，纯用白描。柳永通过这首词扩大了"俚词"的创作阵地，并以深切的同情，抒写了沦落于社会下层的歌妓们的思想感情，反映了她们对幸福生活的追求与向往，以及内心的烦恼与悔恨。

走近词人

柳永深入市井，非常了解平民女子的爱情理想——终日相伴，恩恩爱爱。它虽然很平凡，但充满了对爱情的渴望，没有一丝功利的成分。据说，柳永因仕途不顺，找宰相晏殊抱怨，晏殊也以写情词著称，他告诉柳永："殊虽作曲子，不曾道'彩线慵拈伴伊坐'。"柳永听到晏殊的奚落，当即就告退了。

"针线闲拈伴伊坐"
为什么会成为脍炙人口的名句?

柳永是写俚词的高手。所谓的俚词就是把老百姓日常生活中的俚语入词,使词更富表现力和亲和力。"针线闲拈伴伊坐"一句,全是白话,毫不用典,却细腻地描绘出一位独守空闺的少妇那百无聊赖及思念、怨恨的矛盾心情,如身临其境。

语文大拓展

词牌:定风波

定风波,又名"定风波令""醉琼枝"等,最早是唐代教坊曲。有首敦煌曲说出了"定风波"的来历:

攻书学剑能几何。争如沙塞骋偻偻。手执绿沉枪似铁。明月,龙泉三尺斩新磨。

堪羡昔时军伍,谩夸儒士德能多。四塞忽闻狼烟起。问儒士,谁人敢去定风波?

故此,"定风波"常用来比喻平定社会动乱。此词牌风格豪健,最有名的一首当属苏轼的《定风波·莫听穿林打叶声》。

雨霖铃

寒蝉凄切。对长亭晚，骤雨初歇。都门帐饮无绪❶，留恋处，兰舟催发❷。执手相看泪眼，竟无语凝噎❸。念去去❹、千里烟波，暮霭❺沉沉楚天❻阔。

多情自古伤离别。更那堪❼、冷落清秋节。今宵酒醒何处，杨柳岸、晓风残月。此去经年❽，应是良辰、好景虚设。便纵有、千种风情❾，更与何人说。

字词注释 考点

❶ 都门帐饮无绪：在京城外设帐饯行饮酒。无绪：没有情绪。

❷ 兰舟：木兰制成的船，这里用作对船的美称。催发：催着上船准备发船。

❸ 凝噎：要说的话哽在喉咙里说不出来。

❹ 去去：远去。

❺ 暮霭：傍晚的云雾。

❻ 楚天：古时长江中下游一带属楚国，故指其天空为楚天。

❼ 那堪：怎堪，怎能经受得起。

❽ 经年：多年，积年。形容时间长久。

❾ 风情：韵味意致。

译 文

秋蝉的鸣叫凄凉急促，傍晚时分的长亭，刚刚下过一场大雨。在郊外设帐饯行，却没有心情畅饮，正在依依不舍之时，船上的人已催着出发了。含着眼泪，握住对方的手，心里有话，嘴上却哽咽着说不出来。想这一路，千里烟波，渺渺茫茫，天空无际，极尽辽阔。

自古以来，多情的人就为离别而伤感，更何况是在这凄冷的秋天！谁料到今宵酒醒了，我会在哪里？恐怕只有那岸边的杨柳，以及凄凄晨风和弯弯晓月了。这么久的分别，即使遇到好天气、好风景，对我来说，也不过如同虚设。我就是有上千种情意，又能跟谁说呢！

历史放大镜

离开总是让人心生不忍，柳永和这里的女子也是一样，他们"执手相看泪眼"，虽然我们不知道这个女主人公的身份，但是不难看出那时他们之间的感情之深。他们之间的难舍难分仅通过作者的寥寥数语便跃然纸上。

后世有人评价柳永的诗词"骫骳（wěibèi）从俗"，也就是说他的诗词没有风骨，沦为低俗。可是现在看来，他的词更"接地气"，更能跟当时的底层社会"共情"，所以才有那样的情景——街头巷尾，到处都能听到柳永的词曲，用现在的说法就是"金牌词曲制作人"，而且他的词就此改变了宋朝的文学风向。

开动小脑筋

为什么词作中多用环境衬托当时的心情？

我们读古诗词或者是看电视的时候，会发现，当人伤心的时候，多是阴天下雨；悲伤的时候，背景多会是秋天；开心的时候，多是晴空万里；压抑的时候，多是杜鹃啼血……

那么，为什么大家都知道这样的"套路"，还依然不肯打破窠臼呢？因为景物的情绪色彩，本身就是人赋予的。心情不好的时候，看到蓝天可能会感到忧郁，看到白云可能觉得悲伤……这些不同的景物被作者赋予不同的情绪色彩，在词作中搭建出特定的环境，烘托出的情感比"直抒胸臆"更加细腻，更容易让人感同身受。例如，写心情不好的时候，柳永用"寒蝉凄切""骤雨初歇"，那种凄凉的情境立马就会映入我们的脑海中，还会有一种特别的美感，如果直接将环境描写去掉，那就是我们平时的"流水账"了，看不了两句就会觉着了然无趣，还有腻烦感。

所以，在写作中，适当加入环境描写，可能会给作品带来意想不到的效果。

语文大拓展

词牌：雨霖铃

这首《雨霖铃·寒蝉凄切》中的"雨霖铃"就是词牌名。词牌名是一种有特定格式和声律的曲调名称，词人根据特定曲调填词。所以，在宋词中，我们很容易看到不同的词人，用了相同的词牌，例如《蝶恋花》，不仅有李煜的词，还有苏轼的词。

蝶恋花

　　伫倚危楼②风细细，望极春愁，黯黯③生天际。草色烟光残照里，无言谁会④凭阑意?

　　拟把⑤疏狂⑥图一醉，对酒当歌，强乐⑦还无味。衣带渐宽⑧终不悔，为伊消得⑨人憔悴。

字词注释

❶ 蝶恋花：原唐教坊曲名，后为词牌名。

❷ 危楼：高楼。

❸ 黯黯：迷蒙不明。

❹ 会：理解。

❺ 拟把：打算。

❻ 疏狂：狂放不羁。

❼ 强（qiǎng）乐：勉强欢笑。

❽ 衣带渐宽：指人逐渐消瘦。

❾ 消得：值得。

译文

　　倚在高楼的栏杆上，感受微风阵阵，放眼望去，一片春日离愁，迷迷蒙蒙从遥远无边的天际升起。碧草如烟，掩映在落日余晖里，谁能理解我此时此刻的心情?

　　我打算来个一醉方休，但举杯高歌，不过是强作欢颜罢了，一点意思都没有。我日渐消瘦，却不会后悔，我是心甘情愿为她变得憔悴的。

百转千回才更牵动人心

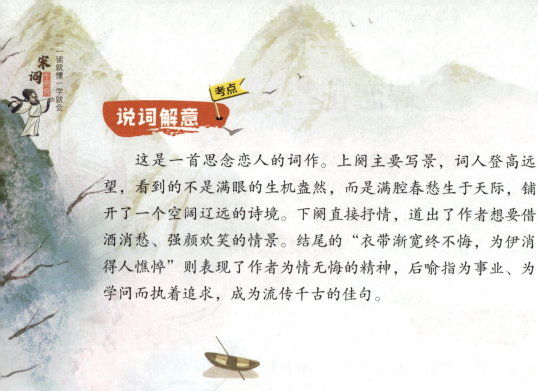

说词解意

　　这是一首思念恋人的词作。上阕主要写景，词人登高远望，看到的不是满眼的生机盎然，而是满腔春愁生于天际，铺开了一个空阔辽远的诗境。下阕直接抒情，道出了作者想要借酒消愁、强颜欢笑的情景。结尾的"衣带渐宽终不悔，为伊消得人憔悴"则表现了作者为情无悔的精神，后喻指为事业、为学问而执着追求，成为流传千古的佳句。

走近词人

　　柳永堪称一位专业词人，他的词传唱甚广，南宋叶梦得评价柳永说："凡有井水饮处，即能歌柳词"，可见柳永的词深受世人的喜爱。柳永虽有才华，却因为得罪了皇帝，屡试不第，后来只能漂泊异乡。对仕途仍有执念的柳永心中苦闷，再加上他怀恋意中人，于是写下了这首词。

柳永

词中所说的"春愁"是什么意思？

从字面上看，春愁指的是春日里的愁绪。可通过词上下两片的意思，便知这里的"春愁"是一种坚贞不渝的感情。词人不仅不想摆脱这"春愁"的纠缠，甚至心甘情愿为"春愁"所折磨，哪怕形容憔悴、瘦骨伶仃。所以所谓"春愁"，正是"相思"二字。

语文大拓展

蝶恋花

蝶恋花是词牌名，原是唐教坊曲，后用作词牌，本名"鹊踏枝"，又名"黄金缕""卷珠帘"等。正体为双调60字，前后段各五句四仄韵，另有变体两种。著名的有李煜《蝶恋花·遥夜亭皋闲信步》、苏轼《蝶恋花·春景》等。

词王擂台赛

快问快答

1. 沈腰潘鬓是什么意思？
2. 读书有三重境界，其中第二重境界是什么？
3. "胭脂泪"指的是胭脂吗？
4. 柳永为什么自称"奉旨填词"？
5. 宋词婉约派的"开山之作"是什么？

柳永

连一连

	相见欢	草色烟光残照里，无言谁会凭阑意？
李煜	破阵子	多情自古伤离别。更那堪、冷落清秋节！
	蝶恋花	别是一般滋味在心头。
柳永	雨霖铃	一旦归为臣虏，沈腰潘鬓消磨。

李煜

选一选

下面对《相见欢·无言独上西楼》的赏析不正确的一项是（　　）。

A、词中"无言""寂寞""清秋"等语营造的凄婉、哀愁的情调，甚是感人。

B、"丝"与"思"谐音，以麻丝喻愁思，生动贴切、深刻感人。

C、作者身经亡国之痛，故而发出"别是一般滋味在心头"的痛彻心扉的凄婉之声。

D、"剪不断，理还乱"之所以成为千古传诵的名句，不但因为它比喻形象，更因为它表达了作者对爱情的忠贞。

武

开动脑筋

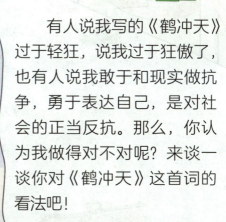

有人说我写的《鹤冲天》过于轻狂，说我过于狂傲了，也有人说我敢于和现实做抗争，勇于表达自己，是对社会的正当反抗。那么，你认为我做得对不对呢？来谈一谈你对《鹤冲天》这首词的看法吧！

李煜

柳永

1. 沈腰指代人日渐消瘦，潘鬓指代中年白发。
2. 衣带渐宽终不悔，为伊消得人憔悴。
3. 不是，是指鲜艳的颜色。
4. 因为柳永写了《鹤冲天》。
5. 《相见欢·无言独上西楼》。

李煜
　　《相见欢》　　　　草色烟光残照里，无言谁会凭阑意。

　　《破阵子》　　　　多情自古伤离别，更那堪，冷落清秋节。

　　《蝶恋花》　　　　别是一般滋味在心头。

柳永
　　《雨霖铃》　　　　一旦归为臣虏，沈腰潘鬓消磨。

D

略

范仲淹

**天地正气，
第一流人物**

**先生之风
山高水长**

先天下之忧而忧，
后天下之乐而乐

 人物介绍

姓名：范仲淹　　字：希文　　谥号："文正"

生卒年：989—1052

出生地：苏州吴县（今江苏苏州）

御街行

纷纷坠叶飘香砌❶，夜寂静，寒声碎❷。真珠帘卷玉楼空，天淡❸银河垂地。年年今夜，月华❹如练❺，长是人千里。

愁肠已断无由❻醉，酒未到，先成泪。残灯明灭枕头欹❼，谙尽❽孤眠滋味。都来❾此事，眉间心上，无计相回避。

字词注释 考点

❶ 香砌：飘满落花的台阶。

❷ 寒声碎：寒风吹动落叶的声音。

❸ 天淡：天空清澈无云。

❹ 月华：月光。

❺ 练：白色的丝绸。

❻ 无由：无法。

❼ 明灭：忽明忽暗。

❽ 欹（qī）：倾斜，斜靠。

❾ 谙（ān）尽：尝尽。

❿ 都来：算来。

译 文

树叶纷纷飘落在铺满残花的石阶上，寂静的夜，断续传来凄然的声音。珠帘高高卷起，玉楼空空无人。夜色清淡，银河仿佛直垂大地。每年的今夜，月亮的光华都像一条白练，系着千里外的心上人。

愁肠寸断，却难以沉醉，因为酒还未饮，就化作了辛酸的泪。残灯闪烁，枕头歪斜，尝尽了孤眠滋味。算来这相思之苦，积聚在眉头心上，有什么办法能回避呢！

说词解意 考点

　　这是一首从妇人的角度抒发对良人思念之情的词作。上阕调动人的听觉与视觉写景。清脆的落叶声、惨白的月光，极言环境的孤寂凄清。一句"长是人千里"起到承接上下阕的作用，由上阕的写景过渡到下阕的抒情。

　　下阕抒写主人公愁绪满怀、孤灯难眠的情状。其中"眉间心上，无计相回避"，构思新颖巧妙，被李清照化用为"此情无计可消除，才下眉头，却上心头"，读来令人如痴如醉、如歌如泣。

走近词人

　　范仲淹一生秉持着"先天下之忧而忧，后天下之乐而乐"的理念，又因生性耿直屡遭贬斥，朝堂上，他积极推动变革；军事上，他积极防御外敌，守卫边疆，防御西夏的入侵；《御街行·秋日怀旧》其具体创作时间已难以考证。关于此词，有一个小故事：范仲淹驻守边塞时，环境艰苦，又远离家乡亲人和朋友。范仲淹因为思念家乡常常晚上不能入眠，只能将这满腹愁肠寄予字里行间。

开动小脑筋

为什么古人喜欢用月亮来表达相思？

天上月华如练，地上落叶寒砧。正是一片寒秋冷月，才引发了人的无限的秋思。秋夜长空万里，一轮明月与人共，此时最易引起相思之情，以月写相思便成为古诗词常用之意境。范仲淹的"年年今夜，月华如练，长是人千里"是如此，苏东坡的"但愿人长久，千里共婵娟"也是如此。

语文大拓展

毫无私心的大教育家

范仲淹任苏州知州的时候，买了一块风水宝地，据说在此建房，必定世代出公卿。范仲淹心想："如果我在这里安了家，只是富贵了我一家人，如果在这里建立府学，岂不是让大家都得到富贵？"于是，他在那里建立了一个府学。后来经过历代的扩建，在明清时期已经规模宏大，有"东南学宫之首"之称。

这样一定能让大家都可以读书！

大成殿

渔家傲 ❶

范仲淹

塞下秋来风景异，衡阳雁去❷无留意。四面边声❸连角起，千嶂❹里，长烟落日孤城闭。

浊酒一杯家万里，燕然未勒❺归无计。羌管❻悠悠❼霜满地。人不寐❽，将军白发征夫泪。

字词注释 考点

❶ 渔家傲：词牌名，又名"吴门柳""忍辱仙人"等。

❷ 衡阳雁去：北雁南飞，至衡阳回雁峰而止。

❸ 边声：边塞的军声。

❹ 嶂：似屏障的山峰。

❺ 燕然未勒：指战事未平，功名未立。

❻ 羌管：羌笛，北方少数民族的吹奏乐器。

❼ 悠悠：形容声音飘忽不定。

❽ 不寐：睡不着。

译 文

秋天一到，塞下的风景别是一番景象，向衡阳飞去的雁群，一点留恋的意思也没有。四方响起边塞独有的号角，连绵起伏的群山里，长烟升腾，落日余晖笼罩着紧闭的城门。

喝一杯浊酒，想起万里之外的亲人，眼下战事未平，还不能早作归计。远方传来悠悠的羌笛之声，回荡在满地霜雪的夜晚。人人都睡不着觉啊，将军头发白，士兵偷抹泪。

考点

说词解意

　　这是一首爱国词作。词的上阕写景，通过"雁去""连角""落日""孤城"等景象，勾勒出边塞的寂寥；词的下阕抒情，"家万里""归无计""人不寐，将军白发征夫泪"，足见词人浓厚的思乡之情和渴望建功立业的复杂情感。全词读起来意境开阔苍凉，表达了作者自己和戍边将士的内心感情，读起来情真意切，寥寥数语就能将人带入词的情境中去，令人动容。

宋仁宗宝元元年（1038），西夏李元昊称帝，连年向宋进犯。内忧外患，造成宋军边防空虚，宋军一败又败。两年后，范仲淹临危受命，被调到西北前线担任主帅。范仲淹是一个很有想法的人，他上任后，不仅提出了一系列的治军策略，还挑选精兵良将，训练出了一支强悍的队伍，当时的名将狄青、种世衡等就是从西北军中出来的，而且范仲淹训练的这支队伍一直到宋朝末年还拥有强悍的战斗力。这首词就是范仲淹在西北任职时所作。

接圣旨。

臣定不辱命！

"塞下秋来风景异"，"异"在哪里？

塞下的秋天和江南的秋天有天壤之别。到了秋天，北方大雁南飞，号角连天，烽烟连绵，城门紧闭……这里的一切都透露着萧瑟，和远离边塞的生活，尤其是统治者的奢华无度形成鲜明对比。通过这种"异"象，侧面反映了人在边塞的艰难，表现了边塞将士有家难归的无奈之感。

塞下

古代把汉族政权和少数民族政权之间的交界地方叫作"塞"或"塞上""塞下"。塞指边塞、边关。塞上指边关外，泛指北方长城内外。塞下指边关内，亦泛指北方边境地区。这首词所说的塞下，指的是北宋和西夏交界的今陕北一带。

苏幕遮 ❶

碧云天，黄叶地，秋色连波，波上寒烟翠❷。山映斜阳天接水。芳草❸无情，更在斜阳外。

黯❹乡魂，追旅思❺。夜夜除非，好梦留人睡。明月楼高休独倚。酒入愁肠，化作相思泪。

字词注释 考点

❶ 苏幕遮：原唐教坊曲名，后用作词牌名。

❷ 翠：翠色。

❸ 芳草：指故乡。

❹ 黯：形容心情忧郁。

❺ 旅思（sì）：旅居在外的愁思。

译 文

碧蓝的云天，落满黄叶的大地，江上的水波泛着秋色，弥漫着寒烟般的翠色。群山映着斜阳，水天相接，芳草不谙人情，一直延绵到夕阳照不到的地方。

思乡让人黯然神伤，羁旅愁思难以排遣，只有好梦，才能让人有片刻的释然。不要在明月的照耀下独倚高楼，苦酒入柔肠，全都化作相思的眼泪。

说词解意

整首词既气象宏大又婉丽动人。上阕写景，开头便给人展开了一幅秋意正浓、山高水远的开阔景象。远处的云天一色，近处的荒野满地；远处的日暮斜阳，近处的芳草青青，远景与近景相映成趣。由这样一片空阔、寂寥的日暮秋景转到下阕的暗夜思乡，过渡自然、情感流畅，一切景语皆情语。下阕的思乡羁旅情怀即为全篇的主旨。梦中相聚、明月高楼、借酒浇愁，其思乡之情、愁思之甚可见一斑。

走近词人

康定元年（1040），范仲淹奉调西北前线，担任边防主帅。他在边疆提出了一系列利于边防的措施，使西北军事防务形势发生了根本性的变化，边境局势大为改观。范仲淹在边疆虽然表现得很好，他用兵如神、智勇双全，但他也是一个普通人，他也会有思乡之情。这首词就是他被苍凉的边疆秋景勾起他思乡之情时所作的词。

开动小脑筋

"碧云""黄叶"这些意象的运用，对后世产生了什么样的影响？

这首词运用"碧云""黄叶"的意象，影响了后世。元曲作家王实甫的《崔莺莺待月西厢记》中"长亭送别"一折直接化用这首词的起首两句"碧云天，黄叶地"，改为"碧云天，黄花地"，衍为曲子，同样极富画面美和诗意美，成为千古绝唱。

语文大拓展

范仲淹是名句达人

范仲淹文学底蕴深厚，他创造的名句至今还富有生命力。他的《灵乌赋》中有一句名言，"宁鸣而死，不默而生"，成为先贤古哲奉行的格言；他在名篇《岳阳楼记》中说"不以物喜，不以己悲"，思想境界崇高，"先天下之忧而忧，后天下之乐而乐"更是千古名句。

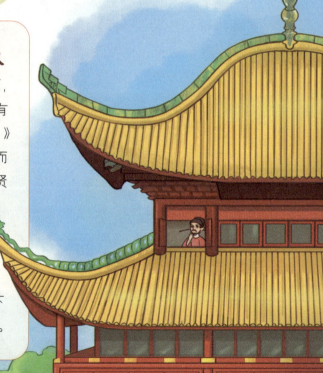

张先

风流长寿的大才子

流连风月

桃杏嫁东风郎中

登山临水，吟唱往还

人物介绍

姓名：张先　　字：子野
生卒年：990—1078
出生地：乌程（今浙江湖州）

碧牡丹 · 晏同叔出姬 ❶

步帐❷摇红绮❸。晓月堕，沈烟砌❹。缓板香檀❺，唱彻伊家新制。怨入眉头，敛黛峰横翠❻。芭蕉寒，雨声碎。

镜华翳。闲照孤鸾戏❼。思量去时容易。钿盒瑶钗，至今冷落轻弃。望极蓝桥，但暮云千里。几重山，几重水。

字词注释 考点

❶ 出姬：赶走歌姬。

❷ 步帐：用以遮蔽风尘的一种屏帐。

❸ 红绮：步帐所用丝绸织物。

❹ 沈烟砌：点燃的沉香堆积在一起。

❺ 香檀：乐器名。檀木制作的拍板。

❻ 黛峰横翠：比喻指女子的眉毛。

❼ 闲照孤鸾戏：比喻失去爱人后对命运的哀伤。

译文

红色步帐在晨风中轻轻晃动，晓月西沉，点燃的沉香堆积在一起。她缓缓挥动檀板，吟唱你创作的所有作品。歌声幽怨，深入眉头，就像青黑色的眉峰紧皱。芭蕉因此变得凄冷，仿佛有细碎的雨滴打在上边。

铜镜蒙尘，映照出孤零零的你。想想打发人家走是多么容易呀，连粉盒钗钿都被抛弃。望着蓝桥延伸到的远方，不过是千里沉霭的暮云。隔了几重山、几重水呢？

说词解意 考点

　　这首词以侍女的口吻，写自己如今憔悴的容颜、悲伤的心情。上片主要是回忆了当初宴饮唱曲的快乐情形。下片主要是以这个歌手的一种孤独凄凉的现状，来委婉地批评晏殊，遣散歌手是多么草率，也是多么薄情。全词情感凄切，婉转哀怨，但又感人至深。

走近词人

　　晏殊在京城做宰相的时候，张先是他的手下，晏殊很欣赏张先的才华，所以每次招待张先的时候，都一定会命令侍女过来作陪，还让侍女唱张先作的词曲。后来晏殊的夫人知道了这个情况，醋意大发，把这个侍女撵走了。张先知道后，很感慨，就写下这首词。晏殊得到词后令人演唱，当唱到结尾"望极蓝桥，但暮云千里。几重山，几重水"时，晏殊面露悲伤，不禁感叹："人生行乐耳，何自苦如此！"随后便命人拿钱赎回了侍女。

开动小脑筋

蓝桥是个什么典故？

蓝桥一般指位于今陕西省蓝田县东南蓝溪之上的一座桥。

相传唐代秀才裴航落第后，经蓝桥驿，在此遇仙女云英，求得玉杵臼捣药，后来两人结为仙侣。此后，"蓝桥"便常被用作男女相会而爱恋的地方。《庄子·盗跖》中记载了"尾生与女子期于梁下，女子不来，水至不去，抱梁柱而死"的故事，传说他们相约的地点叫蓝桥，尾生也因此成为坚守信约的代表人物，"蓝桥"一词也有了诚信的寓意。

语文大拓展

张先擅长写慢词，和柳永齐名，曾因三处善用"影"字，世称"张三影"。他的带"影"的这三句诗文如下：

云破月来花弄影。

——《天仙子》

娇柔懒起，帘幕卷花影。

——《归朝欢》

柔柳摇摇，坠絮无影。

——《剪牡丹》

天仙子

张先

时为嘉禾小倅，以病眠不赴府会。

《水调①》数声持酒听，午醉醒来愁未醒。送春春去几时回？临晚镜，伤流景②，往事后期空记省。

沙上并禽③池上暝，云破月来花弄影。重重帘幕密遮灯，风不定，人初静，明日落红应满径。

字词注释 考点

① 《水调》：曲调名。
② 流景：逝去的光阴。景，日光。
③ 并禽：成对的鸟儿。这里指鸳鸯。

译　文

此时是秀州通判，养病睡觉，没有去官府上班。

手执酒杯听人唱《水调》的曲子，一觉醒来天已过午，醉意虽消，但愁意未减。送别春天离去，几时还能再回来？天晚了，对着铜镜，感叹年华易逝，往事和后约徒然在心中检视。

水禽并眠在池边沙岸上，暮色已笼罩了小池，明月冲破云层的阻碍，照在花枝上，投下婆娑的影子。一层层的帘幕遮住了摇摆的灯焰，风更大了，人们陆续睡去，明天园中小路上应该满是落花吧。

说词解意 考点

这首词的上阕写一位女子对千里之外情郎的思念，流露出深深的哀愁；下阕写女子的寂寞无聊。整首词用词工巧，句句不离"愁"，充分表达了主人公对爱情的渴望、对美好生活的追求，巧妙写出佳人对命运的困惑，对归宿的迷惘，因而蜚声文坛。

走近词人

这首词是张先的代表作之一。其中"沉恨细思，不如桃杏，犹解嫁东风"一句，成为当时传诵的佳句，欧阳修非常喜爱，但很遗憾不认识张先其人。张先知道后，就主动上门去拜会欧阳修。家仆告诉欧阳修张先来访时，欧阳修倒屣迎之，曰："此乃桃杏嫁东风郎中！"足见这首词在当时影响之大。

开动小脑筋

词的最后两句比喻何意?

　　这两句是张先的名句,之中包含着一个典故,那就是化用李贺的诗句。唐代诗人李贺在《南园》诗中写道:"可怜日暮嫣香落,嫁与东风不用媒。"出嫁是女子一生大事,而桃杏花嫁给东风时连媒人都没有。李贺的诗意是十分沉痛的。张先此词反其意而用之,为桃杏能嫁给东风而庆幸,意在为思念离人的女主人公尚无归宿而感叹。

语文大拓展

千秋岁

张先

　　数声鹈鴂,又报芳菲歇。惜春更把残红折。雨轻风色暴,梅子青时节。永丰柳,无人尽日花飞雪。

　　莫把幺弦拨,怨极弦能说。天不老,情难绝。心似双丝网,中有千千结。夜过也,东窗未白凝残月。

词王擂台赛

填一填

1 _____，衡阳雁去无留意。

2 明月楼高休独倚，_____，
_____。

3 _____，但暮云千里。几重山，
几重水。

4 沙上并禽池上暝，_____。

5 沉恨细思，不如桃杏，_____
_____。

范仲淹

快问快答

1 "月华如练"的"练"是
什么意思？

2 《渔家傲》中写想家的是
哪一句？

3 《渔家傲·秋思》引自
什么典故？

4 "《水调》数声持酒听"
的"《水调》"指什么？

5 "双鸳池沼水溶溶"中的
"溶溶"是什么意思？

下面对《渔家傲·秋思》的理解不恰当的一项是（　　　）。

A、"塞下秋来风景异"中的"异"字，写出了边塞秋天的景物与江南一带不同。

B、"千嶂里"中的"千嶂"是指许多像壁障一样并列的山峰。

C、"浊酒一杯家万里"形象地写出了戍守边关的将士们的思乡之情。

D、"羌管悠悠霜满地"写出了边关虽寒冷，但有羌管鸣奏，生活并不艰苦。

张先

王国维在《人间词话》中说，《天仙子》一词中的"弄"字使全词的"境界全出矣"。请试着说一说"弄"字的妙处。

开动脑筋

答 案

填一填

1. 塞下秋来风景异
2. 酒入愁肠，化作相思泪
3. 望极蓝桥
4. 云破月来花弄影
5. 犹解嫁东风

快问快答

1. 练：白色的丝绸。
2. 浊酒一杯家万里，燕然未勒归无计。
3. "燕然未勒"引用了窦宪的典故。据《后汉书·窦宪传》记载，东汉汉和帝永元元年，窦宪追击北匈奴，出塞三千余里，至燕然山刻石记功而还。
4. 曲牌名。
5. 池水轻轻摇荡、波光粼粼的样子。

选一选

D

开动脑筋

"弄"字用比拟的手法，将花与影都写活了，它们成了有知觉、有情感的物体。月光之下，晚风之中，花动影舞，顾盼情深，作者将春夜月下花前的美景，生动地呈现在读者的眼前。（仅供参考）

晏殊

北宋第一富贵闲人

神童

大力兴学

晏欧并称

婉约派

为人谨慎

三次被贬

太平宰相

人物介绍

姓名：晏殊　　字：同叔
生卒年：991—1055
出生地：抚州府临川县（今江西抚州市）

浣溪沙·一曲新词酒一杯

一曲新词酒一杯，去年天气旧亭台。夕阳西下几时回。

无可奈何❷花落去，似曾相识❸燕归来。小园香径独❹徘徊❺。

字词注释 〔考点〕

❶ 浣溪沙：词牌名。

❷ 无可奈何：不得已，没有办法。

❸ 似曾相识：好像曾经认识。

❹ 独：独自。

❺ 徘徊：来回走。

译 文

填完一曲新词痛饮一杯美酒，还是去年的天气古与旧的亭台，夕阳西下何时还能再回？

无奈花儿总归会凋落，旧识的春燕又已归来，在充满花香的小径我独自徘徊多时。

说词解意

这是一首意义颇丰的词作，表面上是抒发感时伤春、缅怀过去的情怀，实际上却深含深哲思。尤其是下阕的"无可奈何花落去，似曾相识燕归来"，除对仗工整、脍炙人口外，细细品来，还具有更加普遍性的意义，给人以生命的思考与美的享受。

下阕将过去与当下重叠在一起，将"逝去"与"归来"并写，营造了一种时光飞逝、似真似幻的意境，下阕以归来反衬逝去，加深了对过往的怀念与个人独处的孤寂之感。

语文大拓展

父子词人

晏殊和晏几道父子二人在词坛中并称"二晏"，晏殊称"大晏"，晏几道称"小晏"。晏殊和晏几道作为宋词的代表人物，风格各不相同。晏殊和晏几道的人生经历不同，晏殊虽仕途有点波折，但大体上还是顺遂的，所以读晏殊的词，有一种清新之感；而晏几道少年时锦衣玉食、鲜衣怒马、纵情风月，可无奈后期家道中落，生活困顿，所以读晏几道的词，会陷入感伤凄楚之中。两个人两种经历，两种风格，带给人不一样的感受。

晏几道

晏殊

浣溪沙

小阁重帘有燕过，晚花①红片落庭莎②。曲栏干影入凉波。

一霎好风生翠幕，几回疏雨滴圆荷。酒醒人散得愁③多。

字词注释 考点

① 晚花：晚春的花。
② 庭莎：庭院里所生的莎草。

③ 愁：闲愁。

译 文

燕子飞过小楼重重的门帘，亭内落满了晚春红色的花瓣。独自一人在栏杆边而感到凄凉。

忽然，碧绿帘幕外刮起一阵轻风，疏疏落落的雨滴敲打着圆圆的荷叶。酒醒人散，只剩下许多愁。

走近词人

仁宗庆历四年（1044），晏殊被罢免宰相职位，到颍州（今安徽阜阳）上任；庆历八年（1048）春，又到陈州（河南周口市淮阳区）上任。当时，晏殊就居住在陈州城西的西园中，他命人移植莎草，建成莎场。词中的"庭莎"即指此地。他虽身处贬谪之地，将近花甲之身，隔绝中枢之外，却有闲情逸致来装扮一座园子，这番旷达心境，令人钦敬。

语文大拓展

晏殊"实话实说"

宋真宗听说晏殊从来不参加同僚们的宴饮聚会，每天晚上都闭门在家读书。后来真宗要为东宫太子选配官员，便召见晏殊一问究竟。晏殊直言不讳地回禀道："并非臣和别人不一样，也并非臣不喜欢宴饮游乐。只是因为囊中羞涩，没有钱去和他们同欢同乐罢了。"晏殊的诚实坦荡博得了皇帝的赞赏。

不去！

山亭柳 ❶ · 赠歌者

家住西秦 ❷。赌博艺 ❸ 随身。花柳 ❹ 上、斗尖新。偶学念奴 ❺ 声调，有时高遏 ❻ 行云。蜀锦 ❼ 缠头无数，不负辛勤。

数年来往咸京道，残杯冷炙漫 ❽ 消魂。衷肠事、托何人。若有知音见采 ❾，不辞遍唱《阳春》。一曲当筵落泪，重掩罗巾。

字词注释 考点

❶ 山亭柳：词牌名。

❷ 西秦：地名，在今甘肃省榆中县。

❸ 博艺：指歌舞才能全面。

❹ 花柳：泛指一切歌舞技巧。

❺ 念奴：唐代天宝年间著名歌女。

❻ 遏：止。

❼ 蜀锦：出自蜀地的名贵丝织品。

❽ 漫：枉，徒然。

❾ 采：选择，接纳。

译文

家在西秦，全靠技艺伴身。吟词唱曲从不输人，又能花样翻新。偶然学会念奴的唱腔，声调有时高亢得能遏止行云。所赠财物不计其数，真没辜负我的一番辛劳。

数年来往返于咸京道上，残羹冷炙徒增感伤而已。满腹心事，该向何人去诉说？若得知音赏识，我不会拒绝高歌阳春白雪之曲。曲罢当众落泪，再次拿起罗帕掩面而泣。

说词解意 考点

这首词在晏殊的词作中，别具一格。从思想内容看，它一反以往流连酒歌的生活、相思离别的闲愁、风花雪月的吟咏，而是反映了一个被侮辱、被损害的歌女的不幸命运，具有较强的现实意义。从作品的风格来说，也一反以往的雍容华贵、娴雅圆融，而变得激越悲凉。

走近词人

这首词作于晏殊担任永兴军路长官时，此时他已年过六旬，距离被罢相贬黜，也有六载春秋。他被贬多年，心中不平之气，难以抑制，假借歌者之名一吐心中的抑郁之情。永兴军在今天的陕西省西安市，比起先前的贬谪地颍州、陈州、许州，永兴军显然更加荒僻，也离京城更远。此时听到一个年老的歌女悲吟沧桑过往，他不禁老泪纵横。

阳春白雪和下里巴人是什么意思？

《阳春白雪》战国时代楚国歌曲名，艺术性高，演唱难度大，曲高和寡；《下里巴人》，则是楚国民间流行的一种通俗歌曲。后人以阳春白雪代表高雅，下里巴人代表通俗。但评价任何作品都要以是否满足大众的精神需求为基准，高雅艺术和通俗艺术是相辅相成，彼此补充的。

语文大拓展

词牌：山亭柳

山亭柳，北宋新声，为晏殊所创。山亭，即山间的亭阁。唐王勃《山亭夜宴》诗："桂宇幽襟积，山亭凉夜永。"柳，在这里却不是柳树之柳，而是指代歌妓的身份。这个曲牌的本意就是歌咏山间亭阁宴饮时佐酒助兴的歌妓。

清平乐 · 红笺小字

红笺❶小字。说尽平生意❷。鸿雁在云鱼在水。惆怅❸此情难寄。

斜阳独倚西楼。遥山恰对帘钩。人面不知何处，绿波依旧东流。

❶ 红笺（jiān）：指情书。
❷ 平生意：平生相慕相爱之意。
❸ 惆怅：失意，伤感。

译 文

情书上写满密密的小字，道尽我平生相慕相爱之意。鸿雁高飞在云端，鱼儿深潜在水底，我却惆怅满腔情意难以寄托！

斜阳里独自倚着西楼，远方的群山恰好正对窗上帘钩。心上人儿不知道在何处？唯有碧波绿水依旧东流。

走近词人

这是一首怀人之作。词的上阕借用典故，写主人公用书信诉衷肠却无处可寄；下阕写登楼远眺，只见青山、绿波，不见人面何处。整首词语意恳挚，表达情意委婉、细腻。词中运用了鸿雁、游鱼的典故，含蓄地表达了深深的情感，曲调音韵悠长。

语文大拓展

鱼雁传书

《汉书》记载，匈奴单于欺骗汉使，说苏武已死，而汉使者知道单于在说谎，就对单于说，大汉天子在打猎时射下了一只鸿雁，鸿雁脚上拴着苏武写的帛书。单于只好放了苏武。后来就有了鸿雁传书一说。而鱼则指鲤鱼，传说古代有人剖鲤鱼时，看见鱼肚里有书信，后来人们便把用鱼传递书信叫作鱼书。鱼雁传书的典故在古代诗词中应用广泛，如"关山梦魂长，鱼雁音尘少""鱼书欲寄何由达，水远山长处处同"等。

宋祁

风流倜傥的红杏尚书

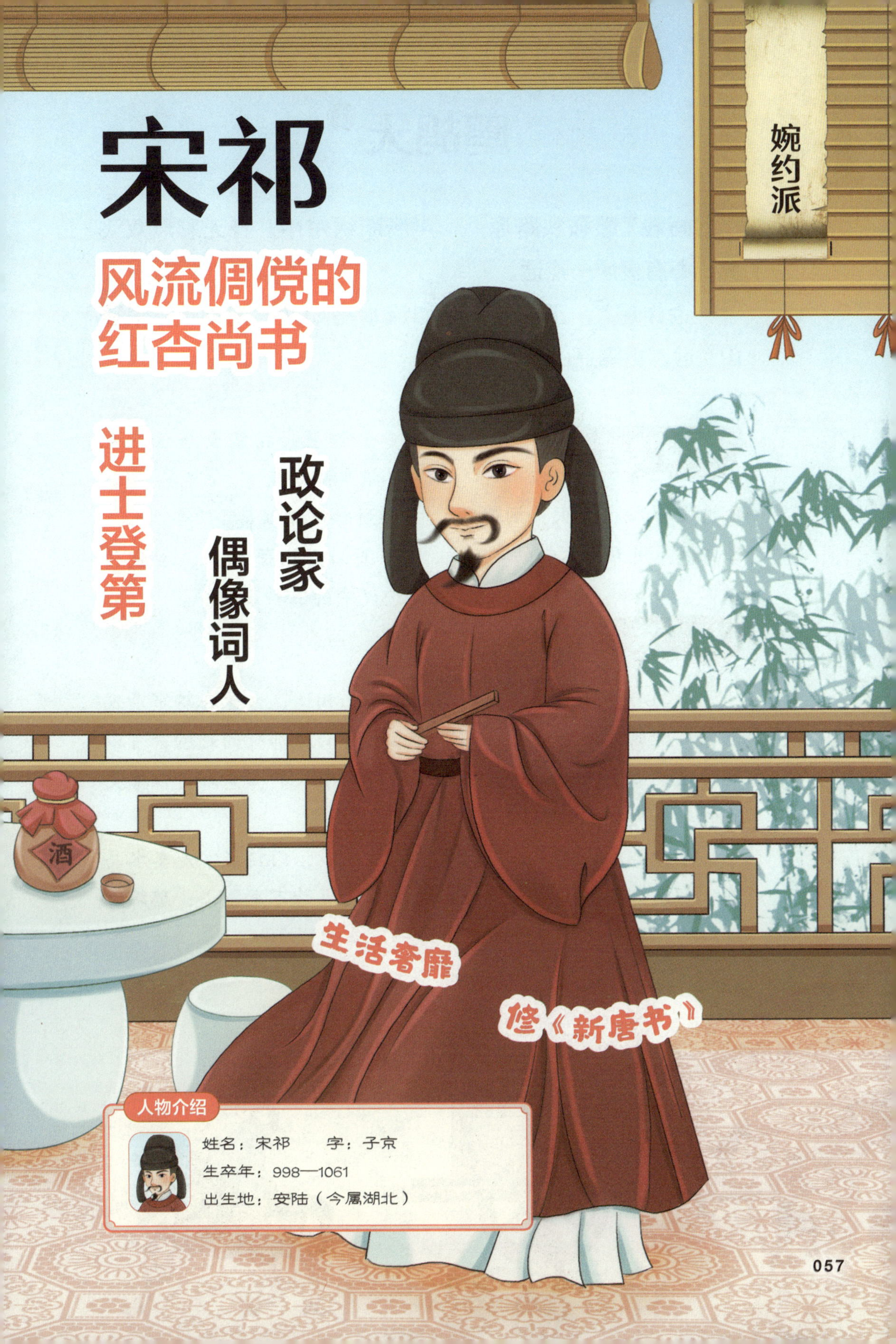
婉约派
进士登第
政论家
偶像词人
酒
生活奢靡
修《新唐书》

人物介绍

姓名：宋祁　　字：子京

生卒年：998—1061

出生地：安陆（今属湖北）

鹧鸪天 ①

画毂②雕鞍狭路逢，一声肠断绣帘中。身无彩凤双飞翼，心有灵犀一点通。

金作屋③，玉为笼，车如流水马如龙。刘郎④已恨蓬山⑤远，更隔蓬山一万重。

字词注释 考点

① 鹧鸪（zhè gū）天：词牌名。

② 画毂：用五彩装饰的车。

③ 金作屋：指宫女居住在豪华幽深的后宫。

④ 刘郎：指刘晨。

⑤ 蓬山：指蓬莱山，古代传说中的三神山之一。

译文

骑马与一辆装饰华丽的马车在路上相逢，女子在绣帘后发出令人肝肠寸断的娇呼。只恨身上没有彩凤那样的翅膀，可以随时飞到心上人的身边，不过还好，两个人的心意却可以像灵通的犀牛那样相通。

黄金作屋，美玉为笼，来往的人很多，门前经常是车水马龙。可是如今，心上人已经走远，如同隔着万里蓬山，那绵绵不尽的相思，比万里蓬山还要远一万重哩！

宋祁与兄宋庠是双状元，宋庠称"大宋"，宋祁称"小宋"。一天，宋祁在京城游玩，身旁闪过几辆皇家车马，其中一辆车子的帘子被撩起，里面的一位宫女惊讶地说："是小宋啊！"当夜，宋祁彻夜难眠，写下《鹧鸪天》。不久，这首词和故事传到宋仁宗皇帝耳中，他很好奇，就派人查谁是小宋。后来，仁宗召见宋祁，谈起这事，笑着说："蓬山也不远啊！"于是把那个宫女赐给了宋祁。

语文大拓展

车如流水马如龙

车如流水马如龙是成语"车水马龙"的前身，出自《后汉书·皇后纪》。马后是东汉名将马援的女儿，汉明帝的皇后。等汉明帝去世，汉章帝继位，就要大肆封赏和自己关系亲厚的马后。可是，已经当上太后的马后可没有忘记本心，她坚决不同意，说马家门前"车如流水，马如游龙"，已经足够显赫热闹了，不能更加荣耀了。后来就用"车如流车马如龙"来形容热闹繁华。

玉楼春

　　东城渐觉风光好。縠皱❶波纹迎客棹❷。绿杨烟❸外晓寒轻，红杏枝头春意闹❹。

　　浮生长恨欢娱少。肯爱千金轻一笑。为君持酒劝斜阳，且向花间留晚照。

字词注释 考点

❶ 縠（hú）皱：即皱纱，有皱褶的纱。

❷ 棹（zhào）：船桨，此指船。

❸ 烟：薄雾。

❹ 闹：浓盛。

东城的春光越来越好了，船儿在皱纱般的水波上慢摇。绿柳在霞光晨雾中轻摆曼舞，红色的杏花开满枝头，春意喧闹。

人们总是抱怨人生短暂欢娱太少，怎肯为吝惜千金而轻视欢笑？让我为你举起酒杯奉劝斜阳，请留下来把晚花照耀。

说词解意

这首词的上阕描绘春日绚丽的景色。"绿杨烟""红杏枝""晓寒轻""春意闹"，写出了春天生机勃勃的景象。下阕明为抱怨，实则是恋春、惜春。整首词的基调轻快、向上，透露出春的生机。且全词用词华丽而不轻佻，直率而不扭捏，用简洁的语言描绘出生动的春景，把对时光的留恋、对美好人生的珍惜写得韵味十足。

语文大拓展

红杏尚书

红杏尚书是宋祁的别称，这个称号源自他所作词中的"红杏枝头春意闹"。这一句词给人留下了深刻的印象，有的人可能不知道宋祁是谁，但是却知道这句词。红杏尚书中的"红杏"是对宋祁文学成就的一种肯定、一种标记，而尚书则是宋祁所担任过的最高官职。

浪淘沙近 ❶

少年不管，流光如箭，因循不觉韶光❷换。至如今，始❸惜月满、花满、酒满。

扁舟欲解垂杨岸，尚同欢宴，日斜歌阕❹将分散。倚兰桡❺，望水远、天远、人远。

考点

字词注释

❶ 浪淘沙近：词牌名。
❷ 韶光：少年时光。
❸ 始：才。
❹ 歌阕：指一曲终了。
❺ 兰桡：指小船。

译 文

少年怎么会关心光阴似箭，随便地打发日子，不知不觉间时光早已更换。直到今天，才懂得珍惜圆圆的月、盛开的花、斟满的酒杯。

扁舟即将解开绳索驶离长满垂杨的河岸，人们仍在一同欢宴，等到太阳西斜，歌声终了，大家就要分离。倚着船上的栏杆，遥望辽远的水际、淡远的天空、渐远的人影。

走近词人

宋祁和他的哥哥宋庠都是饱学之士。宋仁宗天圣二年（1024），宋祁兄弟二人皆金榜题名，且名列前茅——宋祁第一，宋庠第三。而垂帘听政的章献太后却觉得弟前兄后不合常纲，就将宋庠拔为第一，宋祁列为第十。哥哥在仕途上的成就要比宋祁高，不过宋祁在仕途上也是顺风顺水，休闲之余充分享受生活。这首词就是宋祁路经扬州，与知州刘原父喝得不亦乐乎的时候写给刘原父的。

语文大拓展

宋祁谢罪

欧阳修和宋祁在当时都是鼎鼎有名的大才子，他们在一起编撰《新唐书》的时候，宋仁宗认为宋祁的文风过于华丽，便让欧阳修进行修改。宋祁得知这个消息后十分不快。他万万没有想到的是，欧阳修不仅没有对他的书稿大作修改，还在仁宗面前说愿与宋祁共同署名。后来，宋祁弄清了事情的来龙去脉，非常惭愧，亲自上门向欧阳修谢罪。

词王擂台赛

写一写

zhè gū
_____

pái huái
_____

yī shà
_____

lěng zhì
_____

hóng jiān
_____

yǔ yì
_____

huān yú
_____

sháo guāng
_____

填一填

❶ _____，似曾相识燕归来。

❷ 小阁重帘有燕过，_____。

❸ _____，惆怅此情难寄。

❹ 金作屋，玉为笼，_____。

❺ 绿杨烟外晓寒轻，_____。

宋祁

晏殊

晏殊

宋祁

选一选

下列对《浣溪沙·一曲新词酒一杯》赏析不正确的一项是（　　　）。

A. "夕阳西下几时回" 一句，表面是在发问，实际上是在抒发一种深重的感慨。

B. "无可奈何花落去，似曾相识燕归来" 这两句将景与情紧密地融合在一起，景中寓情，情景交融。

C. "小园香径独徘徊" 一句中 "徘徊" 反映了词人的心绪不宁，"独" 字更道出了词人孤寂之深、伤感之重。

D. 词人巧妙运用典故，善于用白描的手法写景抒情，语言平实直白。

开动脑筋

我因为 "红杏枝头春意闹" 而得了一个 "红杏尚书" 的称号，那么你觉着这句话哪里好？为什么？

答案

鹧鸪　　徘徊；
一霎　　冷炙；
红笺　　羽翼；
欢娱　　韶光

1. 无可奈何花落去
2. 晚花红片落庭莎
3. 鸿雁在云鱼在水
4. 车如流水马如龙
5. 红杏枝头春意闹

D

略

欧阳修

是醉翁，更是一代文宗

贫而好学

进士及第 年少轻狂

文坛领袖

文学家 史学家

人物介绍

姓名：欧阳修　　字：永叔　　号：醉翁

生卒年：1007—1072

出生地：绵州（今四川绵阳）

朝中措① · 送刘仲原甫出守维扬

平山②栏槛倚晴空，山色有无中。手种堂前垂柳，别来③几度春风？

文章太守④，挥毫万字，一饮千钟。行乐直须年少，尊⑤前看取衰翁。

字词注释 考点

❶ 朝中措：词牌名。宋以前旧曲，又名"照江梅""芙蓉曲"。

❷ 平山：即平山堂，为欧阳修任扬州知州时所修建。

❸ 别来：分别以来，此次是重游。

❹ 文章太守：指作者挚友刘敞（字原甫）。

❺ 尊：通"樽"，酒杯。

译文

平山堂的栏杆外是晴朗的天空，远方的山色似有似无。我在堂前亲手栽种的那棵柳树啊，不知道离别后又过了几个春秋呢？

你这位写文章的太守，下笔就是万言，一饮就是千杯。行乐需要趁年少，千万别像我等着衰老了再端起酒杯。

走近词人

庆历八年（1048），欧阳修在扬州出任知州时，于扬州城西北的山上修建了一座平山堂。据说，平山堂建在高岗上，从那里远眺，可以隐隐看见真州（今江苏仪征）、润州（今江苏镇江）和金陵，地理位置极其优越。欧阳修经常和朋友到堂中游玩，饮酒作乐、吟诗作赋。这首词就是欧阳修在平山堂为他的朋友刘敞饯行的时候作的。

语文大拓展

画荻教子

欧阳修之所以能够成为文豪，跟他幼年的家教关系很大。欧阳修很小的时候父亲就死了，他与母亲郑氏相依为命。由于家庭贫困，无钱购买纸笔，郑氏便发明了一种简易的学习方法，用荻草秆作为笔，铺沙当作纸张，通过这种方式教导欧阳修学习汉字。正是母亲的谆谆教导，让欧阳修养成了好学的好习惯。

浪淘沙 ❶

把酒❷祝东风。且共从容❸。垂杨紫陌❹洛城❺东。总是❻当时携手处，游遍芳丛。

聚散苦匆匆❼。此恨无穷。今年花胜去年红。可惜明年花更好，知与谁同？

字词注释 考点

❶ 浪淘沙：唐教坊曲。后用作词牌名。又名"卖花声"。

❷ 把酒：端着酒杯。

❸ 从容：留恋，不舍。

❹ 紫陌：据传，汉时洛阳用紫色土铺路，故称紫陌。

❺ 洛城：指洛阳。

❻ 总是：大多是，都是。

❼ 匆匆：形容时间匆促。

译文

端起酒杯向春风祝祈：再从容留些时日吧。洛阳城东垂柳依依的紫陌上，正是我们曾经携手游遍花丛的地方。

聚散都太匆匆啦，离恨总是无穷。今年的花艳丽胜过去年，明年的花儿将更美好，可惜不知那时将会跟谁在一起？

说词解意 考点

这首词上阕主要写与朋友携手同游之欢乐，并将东风拟人化，欲将春光挽留，表达了作者的惜春之情。下阕则主要写朋友间的悲欢离合，下阕的悲情与上阕的同游之欢形成反衬，令悲情更悲。到了词末，又由今夕想到明年，未来的不确定性又令这无情的憾恨徒增一层茫然。

另外，整首词除了表达一种聚散离愁之外，对于过去、现在、将来等时间流转的描绘，抒发了一种世事难料、人生无常的感慨。

语文大拓展

洛城

洛城也就是宋朝时候的陪都——西京，现在的洛阳。洛阳居天下之中，四周环山，中有河流穿城而过，山环水绕，占有得天独厚的地理位置。历史上，有13个王朝在这里建都，欧阳修是北宋时期的文坛领袖，他年轻时在洛阳任西京留守推官，目睹洛阳牡丹之盛，遂写下了历史上第一部牡丹专著——《洛阳牡丹记》。该书涉及洛阳牡丹的24个品种，不仅记载了它们名字的由来，还讲述了洛阳民间爱花、赏花、养花等风土人情。

生查子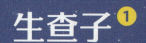

　　去年元夜[2]时，花市[3]灯如昼。月上柳梢头，人约黄昏后。

　　今年元夜时，月与灯依旧。不见去年人，泪湿春衫[4]袖。

译文

　　去年元宵节，花市被灯光照得如同白昼。月儿升起在柳树梢头，情人相约在黄昏之后。

　　今年元宵节，月光与灯光同去年一样。可再也看不到去年的情人，泪珠不觉湿透衣裳。

说词解意

这首词是一首相思词。词的上阕回忆去年元夕夜"人约黄昏后"的美好场景，道出词人对佳人的绵绵情意。下阕故地重游，用今年元夕夜独自一人作对比，借景抒情，凸显了词人失去佳人后的悲戚与哀伤。全词用白描的表现手法，语言朴素，仅用简单的对比，就让人感受到了词人的情绪变化，表达了词人对物是人非的感伤。

语文大拓展

宋代的元宵节

元宵节在宋朝是一个很重要的节日。为了过元宵节，朝廷不仅会解除宵禁让大家畅玩，还会专门隔出一条街设"棘盆"灯展，声势浩大。

宋朝上自官员下至百姓，在元宵节这一天，可以看花灯、猜灯谜、看表演，各种节目应接不暇，观众人山人海，场面非常的壮观。而且，这一天也是宋朝人的"情人节"，年轻男女会借这一天见面，一起游玩。

蝶恋花 ❶

　　庭院深深深几许❷。杨柳堆烟❸，帘幕无重数❹。玉勒雕鞍❺游冶处。楼高不见章台❻路。

　　雨横❼风狂三月暮。门掩黄昏，无计留春住。泪眼问花花不语，乱红❽飞过秋千去。

字词注释

❶ 蝶恋花：原唐教坊曲名，又名"鹊踏枝""凤栖梧"。

❷ 几许：多少。

❸ 堆烟：形容杨柳浓密，好像烟雾堆积一般。

❹ 帘幕无重数：帘幕一道道、一层层，无法数清。

❺ 玉勒雕鞍：极言车马的豪华。

❻ 章台：歌妓聚居之地。

❼ 雨横：指急雨、骤雨。

❽ 乱红：这里形容各种花瓣纷纷飘落的样子。

译　文

　　庭院深深不知有多深？杨柳浓密如烟似雾，一重重帘幕多得难以计数。豪华的车马停留在游寻芳作乐之所，登高楼远望去，独不见通向章台的路。

暮春三月，风狂雨骤，黄昏时掩起门户，却无法留住春光。泪眼潸潸问落花，落花不语默默，只见一阵狂风裹卷着纷纷落英从秋千处飞泻而去。

欧阳修

说词解意 考点

上阕先写思妇居处，开头的叠词深刻缱绻地表现了庭院之深与思妇的幽怨之深。

而到"玉勒雕鞍游冶处"则将所念之人道出，诉说薄情郎君在外面风花雪月的情景，更加反衬出思妇的怨愤。

下阕的"雨横""风狂""门掩黄昏"等意象的呈现，进一步表现了思妇的怨愤与无奈。末句的"泪眼问花花不语，乱红飞过秋千去"表明人伤心、花恼人，语浅情深，将思妇痴情的状态表现得淋漓尽致。

语文大拓展

关于这首词还有一个公案。欧阳修的《六一词》和冯延巳的《阳春集》里都收录了这首词，可是这首词的词牌名却有不同，分别为"蝶恋花"和"鹊踏枝"。李清照认为这首词是欧阳修所作，她在《临江仙》词序中写道："欧阳公作《蝶恋花》，有'深深深几许'之句，予酷爱之，用其语作'庭院深深'数阕。"而清末国学大师王国维在《人间词话》里则是作为冯延巳的作品引用的。不过这首词到底是谁的作品，至今难辨，我们暂且作为欧阳修的作品来品读。

这是欧阳公所作。

此乃冯公所作。

王国维

李清照

075

采桑子

群芳①过后西湖好，狼藉残红②。飞絮濛濛③。垂柳阑干④尽日风。

笙歌⑤散尽游人去，始觉春空。垂下帘栊⑥。双燕归来细雨中。

字词注释

❶ 群芳：百花。

❷ 狼藉残红：残花纵横散乱的样子。

❸ 濛濛：细雨迷蒙的样子，以此形容飞扬的柳絮。

❹ 阑干：横斜，纵横交错。

❺ 笙歌：奏乐唱歌。

❻ 帘栊：窗帘。

译文

百花开过，西湖岸边残花一片狼藉。春风吹得柳絮漫天狂舞，垂柳的枝条纵横交错，轻拂着湖水。

笙歌散尽，游人离去，才觉得春色空空。轻轻放下窗帘，两只燕子穿过蒙蒙细雨回到巢中。

走近词人

欧阳修20多岁科举及第，从此开启了他的为官之路。欧阳修性子耿直，两次为被贬的范仲淹申辩而受到牵连；他为官锐意进取，支持变法，执政为民。就是这样的欧阳修，受到了同僚的排斥，在官场浮浮沉沉40余年。最终熙宁四年（1071）六月，欧阳修以太子少师的身份退休，归居颍州。退休后的欧阳修经常出游，徜徉于颍州的山水风光，并写下了这系列记游写景的组词。欧阳修退休后不到一年就逝世了，获赠谥号"文忠"，死后还多次被追封。

语文大拓展

六一居士

宋神宗熙宁三年（1070），有退休念头的欧阳修改号六一居士。有客人好奇，问他为什么是六一，欧阳修回答说："我家藏书一万卷，集录三代以来的金石遗文一千卷，有琴一张，有棋一局，而常置酒一壶。"欧阳修说了五个一，令客人很费解，问他为什么少了一个"一"，欧阳修的回答很风趣，他说："以我这个老翁，终老在这五物之间，这难道不是六一吗？"

王安石

刚毅强悍，革故鼎新

政治家　思想家　改革家

文学家

收复失地

精研佛学

人物介绍

姓名：王安石　　字：介甫　　号：半山

生卒年：1021—1086

出生地：抚州临川（今江西省抚州市）

桂枝香 · 金陵怀古

王安石

登临送目❶。正故国❷晚秋，天气初肃。千里澄江似练❸，翠峰如簇。归帆去棹❹残阳里，背西风、酒旗斜矗。彩舟云淡，星河鹭起❺，画图难足。

念往昔、繁华竞逐❻。叹门外楼头❼，悲恨相续。千古凭高，对此谩嗟❽荣辱。六朝旧事随流水，但寒烟、衰草凝绿。至今商女，时时犹唱，《后庭》❾遗曲。

字词注释 `考点`

❶ 登临送目：登山临水，举目望远。

❷ 故国：旧时的都城，指金陵。

❸ 练：白绢。

❹ 去棹（zhào）：往来的船只。

❺ 星河鹭起：白鹭从水中沙洲上飞起。

❻ 竞逐：竞相仿效追逐。

❼ 门外楼头：指南朝陈亡国惨剧，泛指六朝的终结。

❽ 谩嗟：空叹。

❾ 《后庭》遗曲：指歌曲《玉树后庭花》，传为陈后主所作。

译文

登山临水，举目望远，故都金陵正是深秋，天气变得飒爽清凉。千里长江澄澈得好像一条白练，青翠的山峰集聚如一束束的箭镞。往来的帆船映照在夕阳下，西风起处，酒旗飘荡。淡淡的云层下多彩的小舟摇曳着，

只见一群白鹭从江中洲上飞起。如此美景即使丹青妙笔也难描画。

遥想当年，达官贵人竞相攀比过着奢华的生活，可叹朱雀门外，六朝相继败亡。自古多少人在此登高怀古，感叹荣辱。六朝的盛衰已随流水消逝，唯有江上的烟波与枯草上凝结的露珠还在。如今的歌女，竟不知亡国的悲恨，还不时唱起《后庭花》的遗曲。

说词解意

考点

这是一首吊古伤怀的词作。上阕登高写景，描绘了一幅远浦归帆图。澄澈的江水绵延千里，如同一条铺展开的白绢。天边山峰林立，若隐若现。来往扬帆的船只沐浴在夕阳里。风轻云淡，几行白鹭正在向远方飞去。

下阕则是怀古兴感，以"念往昔"领起，慨叹六朝相继消亡的史实，并以商女犹唱《后庭》遗曲收束，表达了王安石对现实政治的担忧，以及忧国忧民的担当。

全词气象万千、意境浑融，是有宋一代咏史怀古的典范。

走近词人

金陵作为六朝古都，其繁华可想而见，即使到了宋朝，这里不再作为都城，却依然是灯火万家，繁华依旧。一心想要富国强兵的王安石，面对这样一片大好河山，感慨朝代更迭，忧当时天下的状况，因此写下了这篇"清空中有意趣"的千古名篇。

词中都用了哪些典故？

诗词中用典是一种常用的表现手法，用典能更好地表达自己的情感，引起人的共鸣。这首词就化用了很多典故，如"千里澄江似练"化用谢朓的"余霞散成绮，澄江静如练"；"星河鹭起"化用李白的"三山半落青天外，二水中分白鹭洲"的诗意；"后庭遗曲"用的是隋灭陈的典故，当隋朝大将兵临城下时，陈后主正在和宠妃歌舞作乐，这个典故很经典，出现在很多诗词中，其中唐代杜牧在《泊秦淮》中曾写道"商女不知亡国恨，隔江犹唱后庭花"。

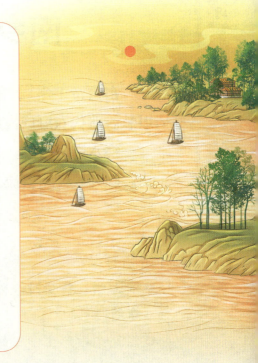

王安石变法

王安石不仅文学才华横溢，还有一颗爱国爱民之心，他主张"发富民之藏"以救"贫民"。王安石在宋英宗在位时，多次提出变法，想要铲除当时法度存在的问题，扭转积贫积弱的现象，但是都没得到回应。到宋神宗即位后，王安石的变法才得以实行。王安石的变法不仅在财政方面提出了利国利民的政策，在军事上也提出了富国强兵的政策，让国家在军事方面更强大。

南乡子 · 自古帝王州

　　自古帝王州❶，郁郁葱葱佳气❷浮。四百年❸来成一梦，堪愁。晋代衣冠成古丘❹。

　　绕水恣❺行游。上尽层城更上楼。往事悠悠君莫问，回头。槛外长江空自流。

字词注释

❶ 帝王州：指金陵，为六朝都会。

❷ 佳气：指产生帝王的一种气，是一种迷信说法。

❸ 四百年：金陵作为历代帝都将近400年。

❹ 古丘：坟墓。

❺ 恣：任意地、自由自在地。

译　文

　　这里自古就是帝王建都之所，树木葱茏繁茂，云蒸霞蔚。然而，四百年来的繁华竟如一梦，令人感叹。晋代的帝王将相，早已是一抔黄土。

　　绕着江岸尽情地游赏，登上一层楼，再上一层楼，历史旧事太过遥远，没必要再追问，不如早点回头。就像这槛外无情的江水空自东流。

说词解意

　　这是一首借古抒情的词作。词的上阕开端便盛赞"帝王州"王气重,但是紧接着又急转直下,一个"梦"字,将怀古的思绪拉到现实,用"古丘"和"帝王州"形成强烈对比,感慨昔盛今衰,往事不堪回首。下阕写词人登高远眺所望之景,借景抒情,抒发了词人心愿未遂、心有不甘的情感。全词基调低沉,读之生情。

> 廉颇老矣!

语文大拓展

金陵

　　金陵,是南京的古称,在历史上有"六朝古都""十朝都会"之称,在中国历史上具有特殊地位和价值。而金陵之所以能够成为古都,主要是因为它的地理位置十分优越。金陵北临长江,南靠重山,北以长江为天然屏障,南以群山为依托,形势独胜,易守难攻。而且,长江给金陵带来了交通上的优势,为金陵的经济发展提供了交通上的便利。

浪淘沙令 · 伊吕两衰翁

伊吕❶两衰翁❷，历遍穷通❸。一为钓叟❹一耕佣。
若使当时身不遇，老了英雄。

汤武❺偶相逢，风虎云龙❻。兴王只在笑谈中。直至
如今千载后，谁与争功！

字词注释

❶ 伊吕：指伊尹与吕尚。

❷ 衰翁：老人。

❸ 穷通：逆境和顺境。

❹ 钓叟：指吕尚。

❺ 汤武：汤，商朝的创
  建者；武，周武王姬
  发，周朝建立者。

❻ 风虎云龙：君臣相得，建邦兴国。

译 文

伊尹和吕尚这两位老人，逆境和顺境都经历遍了。
一位是钓鱼翁，一位是佣工。要是没有遇到英明的君
主，最终也只能老死于山野之中。

他们遇到成汤和周武王，君臣际会。谈
笑之间就轻而易举地完成了建国兴邦的大业。
到如今过了几千年了，谁能与他们一争高
下呢！

这首词是写于王安石的变法得到宋神宗的支持之后。王安石有名垂千古之志，也认为自己有"伊吕"之才。在得到宋神宗重视之前，他也曾历经坎坷，跟伊尹和吕尚二人的遭遇很是相似。于是他写下了这首词，不仅是感叹自己能得遇贤主，也表达了立志要做出一番成绩，建功立业，大展宏图的决心。

语文大拓展

伊吕：商周的名相

伊尹是奴隶出身，才干卓越，为成汤所识，帮助汤灭夏兴商；吕尚，又称姜太公，为文王所赏识，后辅佐武王，灭商兴周。其中关于吕尚出仕还有一个动人的故事。吕尚有大才，但是一直没能得遇贤主。后来，他就到渭水之滨借钓鱼的机会见周文王。周文王擅长占卜，这一天，他在出猎前卜卦，卦上说在渭水之滨能得良才。果然，他遇到了吕尚，两人一番谈论后，周文王被吕尚折服，立刻决定将吕尚带回去，并尊为"太师"。

浣溪沙 · 百亩中庭半是苔

百亩中庭半是苔❶。门前白道❷水萦回。爱闲能有几人来？

小院回廊春寂寂，山桃溪杏❸两三栽。为谁零落为谁开？

字词注释 考点

❶ 苔：青苔。

❷ 白道：洁白的小道。

❸ 山桃溪杏：山中的桃，溪畔的杏。

译 文

百亩大的庭院有一半是青苔，门外洁白的小道，还有溪水萦绕，喜欢悠闲，有空来的人有几个呢？

春天到了，院子里曲折的回廊非常安静。山上的桃花、溪边的杏树，三三两两地种在一起。它们到底为谁开，为谁落呢？

走近词人

王安石变法虽然得到了宋神宗的认可得以推行，但是推行过程并不顺利，不仅有来自各方面的压力，遭到朝臣的反对，后来甚至连变法新党内部也出现了分裂。王安石变法最终还是失败了，他本人也被两度罢相。最后，王安石归隐钟山，度过了生命中的最后十年。隐居时，王安石作了这首词。"山桃溪杏两三栽。为谁零落为谁开"流露出了作者内心的愤懑与不甘。

语文大拓展

千锤百炼的"绿"

王安石不仅在仕途上有很高的成就，文学水平也很高。王安石的《泊船瓜洲》中的名句"春风又绿江南岸，明月何时照我还"中，"绿"字最开始写的是"到"，但他觉得不够好，后来改为"过"字，读过仍觉得不够好，之后又改为"入""满"等十多个字，最后才确定为"绿"字："春风又绿江南岸"。

词王擂台赛

选一选

1. 下列对"月上柳梢头，人约黄昏后。"的理解正确的一项是（　　）。

A. 月爬到柳树上，到了黄昏佳人才来赴约。

B. 与佳人相约在黄昏之后、月上柳梢头之时同诉衷肠。

C. 月亮的光辉洒在柳树上，有情人在树下约会。

D. 黄昏已过，在月上柳梢头之时和佳人同诉衷肠。

2. 下列对《浣溪沙·百亩中庭半是苔》的解释正确的一项是（　　）。

A. "能有几人来"表明世人对词人归隐的不解，还透露出词人是个爱热闹的人。

B. "半是苔""春寂寂"从侧面表现出由以前的门庭若市变成现在的无人问津，门庭冷落，营造了一种凄凉的氛围。

C. 连用两个"为谁"，突出地表现了词人对内心尚存的那份热情的自嘲。

D. "山桃溪杏两三栽。为谁零落为谁开？"两句运用了比喻、反问的手法，写出了花儿独自开放、凋谢无人欣赏的寂寞。

王安石

欧阳修

088

填一填

❶ ____________________。可惜明年花更好，知与谁同？

❷ __________，人约黄昏后。

❸ ____________，翠峰如簇。

❹ 兴王只在笑谈中。____________________，谁与争功！

❺ 小院回廊春寂寂，____________________。

王安石

开动脑筋

《生查子·元夕》这首词虽然短小，但是却很好地表达了作者内心的感受，请说一说你读过之后有哪些感受？

欧阳修

1. B

2. C

1. 今年花胜去年红
2. 月上柳梢头
3. 千里澄江似练
4. 直至如今千载后
5. 山桃溪杏两三栽

略

王观

自号"逐客"，甘为平民

进士登第

博物达人

放荡不羁

因词获罪

与秦观并称「二观」

人物介绍

姓名：王观　　字：通叟　　号：逐客
生卒年：1035—1100
出生地：如皋（今江苏省南通市如皋市）

卜算子 · 送鲍浩然之浙东

水是眼波横❶，山是眉峰聚❷。欲❸问行人去那边？眉眼盈盈❹处。

才始❺送春归，又送君归去。若到江南赶上春，千万和春住。

字词注释 考点

❶ 水是眼波横：水像美人流动的眼波。

❷ 山是眉峰聚：山如美人蹙起的眉毛。

❸ 欲：想，想要。

❹ 盈盈：美好的样子。

❺ 才始：方才。

译文

水像美人流动的眼波，山如美人蹙起的眉毛。想问行人去哪里？正到山水钟秀的地方。

刚把春天送走，又要送你归去。如果你到江南能赶上春天，千万陪春天一起好好同住。

说词解意

这是一首送别之作。词的上阕用比喻的方式，将山比作眉，将水比作眼波，意境优美动人，形式新颖。下阕词人把送春与送别交织在一起来写，构思别致，才送"春归"又送"君归"，是词人对送别的不舍，"若到江南赶上春，千万和春住"中春是美好的意象，这句抒发了词人对友人的深情祝愿。

也只有你能想到将山水如此比喻。

语文大拓展

卜算子，词牌名，又名"卜算子令""百尺楼""眉峰碧""楚天遥"等。这个曲牌的调子最大的特点就是流畅、含蓄、平和婉转。清毛先舒《填词名解》云："唐骆宾王诗好用数名，人称为'卜算子'，词取以为名。"最先使用这个词牌的是北宋初年的张先，后来用这个词牌的人越来越多，其中以苏轼的《卜算子·黄州定慧院寓居作》为正体。

我是开创者。

张先

我的是正体。

苏轼

红芍药

人生百岁，七十稀少。更除十年孩童小。又十年昏老。都来五十载，一半被、睡魔分了。那二十五载之中，宁无些个烦恼。

仔细思量，好追欢及早。遇酒追朋笑傲。任玉山摧倒❶。沈醉且沈醉，人生似、露垂芳草。幸新来、有酒如渑❷，结千秋歌笑。

字词注释

❶ 玉山摧倒：形容喝醉了酒摇摇欲倒。
❷ 有酒如渑（shéng）：意思是有酒如渑水长流。

译文

人生百年，能活到70岁的就很稀少了。刨去十年孩童期、十年衰老期，那中间的50年又被睡眠占去了一半。剩下的25年中，又有诸多烦恼。

仔细想想，人生应该及时行乐。平日与好友们相聚饮酒，喝醉了也不要计较。醉了就醉了吧，人生就似草上露珠一样短暂。幸亏最近有无尽的美酒，可以化作千秋诗歌欢笑。

王观有落笔成章之才，与秦观并称"二观"。王观曾写过一篇名作——《扬州赋》，获得了宋神宗的青睐，获赐"绯衣银章"，很受重用。有一次宋神宗宴饮群臣，让王观填词"清平乐"，这首词不细究没有什么问题，但是高太后却觉着这首词在嘲讽朝政，将他"翌日罢职"，贬为江都知县。从此，王观布衣终老。这首词就是在遭贬谪自号"逐客"后所作的。

翌日罢职。

开动小脑筋

诗词中都有哪些表达喝醉的方式？

古人写作多在酒后，所以也有很多诗词是形容酒醉的，如王观的"任玉山摧倒"；唐代李白的"我歌月徘徊，我舞影零乱"；李清照的"昨夜雨疏风骤，浓睡不消残酒"；元代唐珙的"醉后不知天在水，满船清梦压星河"；等等。诗词里的酒醉有酒醉时候的摇摆、发泄，有醉酒时的美景，有宿醉后的不适，各有千秋。

语文大课堂

古代不同年龄段的雅称

赤子：刚出生的婴儿

牙牙：满周岁的孩子

孩提：二三岁的孩子

垂髫：三四岁至八九岁的孩子

始龀（chèn）：七八岁换牙期的孩子

总角：成年之前的孩子

金钗之年：12岁女孩子

豆蔻：十三四岁女孩子

及笄：15岁女孩子

花信年华：24岁女孩子

舞勺之年：13—15岁的男孩子

束发：15岁男孩

弱冠：20岁的男孩子

而立：30岁

不惑：40岁

天命、半百：50岁

耳顺、花甲：60岁

古稀：70岁

杖朝：80岁

鲐背：90岁

耄耋：80—90岁

期颐：100岁

苏轼

一代文豪，艺术全才

豪放派

文学家

书法家

画家

千古文章四大家

文坛领袖

豪放派代表

人物介绍

姓名：苏轼　　字：子瞻　　号：东坡居士

生卒年：1037—1101

出生地：眉州眉山（四川省眉山市）

江城子·乙卯❶正月二十日夜记梦

十年❷生死两茫茫，不思量❸，自难忘。千里❹孤坟❺，无处话凄凉。纵使相逢应不识，尘满面，鬓如霜。

夜来幽梦❻忽还乡，小轩窗❼，正梳妆。相顾❽无言，惟有泪千行。料得年年肠断处，明月夜，短松冈。

字词注释 考点

❶ 乙卯：宋神宗熙宁八年，即1075年。

❷ 十年：指结发妻子王弗去世已十年。

❸ 思量：想念。

❹ 千里：苏轼任地与妻葬地相隔遥远。

❺ 孤坟：其妻王氏之墓。

❻ 幽梦：梦境隐约，故云幽梦。

❼ 小轩窗：指小室的窗前。

❽ 顾：看。

译 文

生死诀别已经整整十年，不去细想，可终难忘怀。孤坟远在千里之外，没法向你诉说悲伤。纵使相逢了也不认得了吧，如今我已是灰尘满面，两鬓如霜。

昨夜做梦回到家乡，仿佛看见你正在小窗前对镜梳妆。你我默默对视无言语，却落下千行泪。料想年年我柔肠寸断，就在凄冷的月明之夜，在那长满矮松的山冈。

说词解意 考点

上阕写亡妻后处境凄凉以及词人对亡妻的思念之情，"纵使相逢应不识，尘满面，鬓如霜"一句道出了自己潦倒悲惨的现状。

下阕直写梦境，写到与妻子在梦中相会，泪如泉涌，令人动容。

整首词作语言平实、情真意切，抒发了对亡妻的哀怜和思念。

走近词人

这是一首悼亡词。苏东坡19岁时，与16岁的王弗结婚，二人恩爱情深，可王弗27岁就去世了，这对东坡是极大的打击。词题中"乙卯"年指的是熙宁八年（1075），此时任密州知州的苏东坡已年近40岁，且正值亡妻逝世十年之际。在这样一个具有特殊意义的日子，一个梦境引起了他对亡妻的深深思念，便写下了这首传诵千古的悼亡词。

语文大拓展

史上著名的悼亡诗

中国文学史上，从悼亡诗出现到北宋的苏轼生活的时代，悼亡诗最为出名的有西晋潘安和中唐元稹的诗。到了晚唐，又有李商隐的悼亡之作。而用词悼亡，是苏轼的首创。

悼亡诗三首·其一（节选）

〔晋〕潘安

望庐思其人，入室想所历。

帏屏无髣髴，翰墨有余迹。

流芳未及歇，遗挂犹在壁。

怅恍如或存，回惶忡惊惕。

离思（其四）

〔唐〕元稹

曾经沧海难为水，

除却巫山不是云。

取次花丛懒回顾，

半缘修道半缘君。

蝶恋花

花褪残红青杏小，燕子飞时，绿水人家绕。枝上柳绵②吹又少。天涯何处无芳草。

墙里秋千墙外道，墙外行人，墙里佳人笑。笑渐不闻声渐悄，多情却被无情恼。

❶花褪：凋谢。　　❷柳绵：即柳絮。

译文

花儿褪尽，树梢上长出了小小的青杏。燕子飞舞，清澈的河流围绕着村落人家。柳枝上的柳絮已被吹得越来越少，到处可见茂盛的芳草。

围墙里有一位少女正在荡秋千，动听的笑声，墙外的行人都可听见。笑声渐渐听不到了，一切静悄悄的，而墙外的行人，却因为自己的多情，被墙内佳人的欢声笑语所困扰、烦恼。

这是苏轼少有的婉约词作。上阕重在写暮春之景，虽是暮春，但写得哀而不伤。其中"燕子飞时，绿水人家绕"，别有情致，富有浓郁的乡土气息。"枝上柳绵吹又少，天涯何处无芳草"，可谓是萧索与繁荣共生，失望与希望共存，用青草的生命力冲淡了暮春花落的凄清。下阕读来趣意横生、韵味无穷。墙的遮挡起到了"藏"的作用，引人无限遐想。由墙内佳人笑声的渐行渐远、若隐若现，传达出一种捉摸不定的情愫，也创设了一种朦胧唯美的意境。

语文大拓展

苏轼不但是大词人，还是大诗人。他的诗词里喜欢写秋千。他的一首著名诗作《春宵》中，就写到秋千：

春宵一刻值千金，
花有清香月有阴。
歌管楼台声细细，
秋千院落夜沉沉。

江城子 · 密州[1]出猎

苏轼

老夫[2]聊发少年狂，左牵黄，右擎苍。锦帽貂裘，千骑[3]卷平冈。为报倾城随太守，亲射虎，看孙郎[4]。

酒酣胸胆尚[5]开张，鬓微霜，又何妨。持节云中，何日遣冯唐？会[6]挽雕弓如满月，西北望，射天狼[7]。

译 文

老夫突然起了少年的豪情壮志，左手牵黄犬，右臂托苍鹰，戴上华美的帽子，穿上貂皮大衣，带着浩浩荡荡的队伍，像疾风一样，席卷平坦的山冈。为了报答百姓随行出猎的厚意，我决心亲自射杀老虎，让大家看看孙权当年搏虎的英姿。

痛饮美酒，心胸开阔，胆气更为豪壮，两鬓发白又何妨？什么时候皇帝会派人下来，就像汉文帝派遣冯唐赦免魏尚一样信任我呢？那时我将使尽力气拉满雕弓，瞄准西北，射向天狼星。

103

水调歌头

丙辰❶中秋，欢饮达旦，大醉。作此篇，兼怀子由。

明月几时有，把酒❷问青天。不知天上宫阙❸，今夕是何年。我欲乘风归去，又恐琼楼玉宇❹，高处不胜寒。起舞弄❺清影，何似❻在人间。

转朱阁，低绮户，照无眠。不应有恨，何事长向别时圆。人有悲欢离合，月有阴晴圆缺，此事古难全。但愿人长久，千里共婵娟❼。

考点 字词注释

❶ 丙辰：指熙宁九年，即1076年。

❷ 把酒：端起酒杯。

❸ 天上宫阙（què）：指月中宫殿。

❹ 琼（qióng）楼玉宇：美玉砌成的楼宇。

❺ 弄：赏玩，嬉戏。

❻ 何似：何如。

❼ 婵娟：指月亮。

译文

丙辰年的中秋节，通宵痛饮直至天明，大醉，乘兴写下这首词，同时抒发对弟弟子由的怀念之情。

明月几时才能有？我拿着酒杯问苍天。不知道天上的宫阙，今天是什么日子呢。我想凭借着风力回到天上，又担心美玉砌成的楼宇太高了，我经受不住寒冷。起身舞蹈玩赏着月下的影子，月宫哪里比得上人间呢！

月儿转过了朱红色的楼阁，低低地挂在雕花的窗户上，照着没有睡意的人。明月不应该对人们有什么怨恨吧，可又为什么总是在人们离别之时才圆呢？人生有悲欢离合，月儿有阴晴圆缺，这样的事自古以来不就是难以两全吗？但愿所有人都能平安长寿，即使相隔千里也能共赏明月。

说词解意 考点

这首词是苏轼代表作之一。上阕写把酒望月，想象绮丽、天马行空。下阕则主要表达了对其弟弟苏辙（子由）的怀念之情，尤其是"转""低""照"几个动词的运用，将月亮写得生动唯美。

全词读来气象颇大，可谓俯仰宇宙、贯穿古今，并且富有浓厚的哲学意味，既有旷达积极的人生态度，又表达了对现实生活的无限热爱。

走近词人

这首词是熙宁九年（1076）中秋，词人在密州时所作。当时，苏轼上书反对王安石变法，得罪了王安石，受到了排挤，因此自求外放。苏轼的弟弟和他的遭遇相似，因反对王安石被贬出京。苏轼辗转多处为官，但是始终不能和弟弟团聚。在他和弟弟分别七年却未得团聚之时，面对一轮明月，离别之愁涌上心头，于是苏轼乘酒兴正酣，挥笔写下了这首名篇。

开动小脑筋

你还知道哪些诗句与"但愿人长久，千里共婵娟"有异曲同工之妙？

王勃《送杜少府之任蜀州》有两句诗："海内存知己，天涯若比邻"，张九龄的《望月怀远》："海上生明月，天涯共此时"，杜牧的《秋霁寄远》："唯应待明月，千里与君同。"这些诗句皆意味深长，与"千里共婵娟"有异曲同工之妙。

语文大拓展

月亮的别称

玉轮、玉盘：形容月亮的圆形和明亮。

冰鉴、冰轮：比喻月亮的清澈和圆满。

银钩、玉钩：比喻弯曲的月亮。

银盘、金轮：进一步强调了月亮的美丽和珍贵。

寒蟾、圆影：描述月亮在不同情境下的景象。

桂轮、桂宫：与秋季和中秋节有关，增添了节日氛围。

广寒：特指与嫦娥奔月故事有关的月宫。

西江月 ❶ · 中秋和子由

苏轼

世事一场大梦，人生几度新凉。夜来风叶❷已鸣廊。看取眉头鬓上❸。

酒贱常愁客少，月明多被云妨❹。中秋谁与共孤光❺，把盏凄然北望。

字词注释 考点

❶ 西江月：原为唐教坊曲，后用作词调。

❷ 风叶：风吹树叶所发出的声音。

❸ 眉头鬓上：眉头上的愁思和鬓上的白发。

❹ 妨：遮蔽。

❺ 孤光：指独在中天的月亮。

译 文

世事恍如一场大梦，人生能有几个新凉的秋天？夜晚风吹树叶，声音响彻回廊，看愁思爬上了眉头，两鬓又多了几根银丝。

酒价便宜，反而常常忧虑客少；月亮虽明，却多被云层遮住。中秋之夜，谁能和我共赏孤月？我只能拿起酒杯，凄然望着北方。

109

走近词人

　　这首词作于宋神宗元丰三年（1080）八月十六日，当时苏轼和弟弟苏辙分别在徐州和南京。造化弄人，前一年的中秋，兄弟二人还在徐州共同赏月，苏轼还感叹"此生此夜不长好，明月明年何处看"，没想到一年之后，兄弟二人就天各一方，而且苏轼自己还憔悴病卧。

　　这个中秋，苏辙给哥哥写了《中秋见月寄子瞻》寄给苏轼，感慨"南都从事老更贫，羞见青天月照人"，于是苏轼就写了这首词来宽慰他。

语文大拓展

三苏

　　三苏，是指北宋文学家苏洵（号老泉，字明允）、苏轼（字子瞻，号东坡居士，世称苏东坡）、苏辙（字子由，自号颍滨遗老）父子三人的合称。苏洵是苏轼和苏辙的父亲。苏轼是苏辙的哥哥。

卜算子·黄州定慧院寓居作

苏轼

缺月挂疏桐，漏断❶人初静。谁见幽人❷独往来，缥缈孤鸿影。

惊起却回头，有恨无人省❸。拣尽寒枝不肯栖，寂寞沙洲冷。

字词注释 考点

❶ 漏断：指深夜。漏，指古人计时用的漏壶。

❷ 幽人：幽居的人。

❸ 省：理解。"无人省"，犹言"无人识"。

译文

弯月悬挂在疏落的梧桐树上；夜深人静，有谁见过幽居的人独自往来，影影绰绰，原来是一只孤雁降落在沙洲上留下的身影。

它突然惊起又回过头来，心有遗憾却无人知情。挑遍了寒枝也不肯栖息，甘愿在沙洲忍受寂寞凄冷。

走近词人

　　这首词是元丰五年（1082）苏轼初贬黄州后居住在定慧院时所作。苏轼因为"乌台诗案"彻底激怒了变法新党，新党们不遗余力地要置苏轼于死地，当时的情况十分危急。最后在各方的援助下才得以保命，这次甚至连和苏轼政见不合的、退休的王安石都为他上书请命了。死里逃生的苏轼这次被贬，不仅生活困顿，还要受当地官员监管。虽然苏轼乐观旷达，但内心深处的幽独与寂寞是他人无法理解的。在这首词中，苏轼借月夜、孤鸿托物寓怀，表达了自己孤傲、清高的气节。

语文大拓展

"东坡居士"的由来

　　苏轼因"乌台诗案"被贬黄州后，虽然他的生活环境急转直下，但他一直表现得很乐观，率领全家通过自身的努力来渡过生活难关。困苦的生活并没有磨灭苏轼的雅兴，在得到允许后，苏轼借钱买下了城外东边的一处荒坡地，并在那里盖了一所简陋的居所，并从此以"东坡居士"为号。据统计，苏轼的作品有四分之一出自黄州时期，而他在黄州不过短短四年。

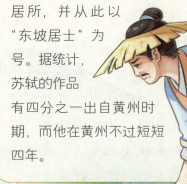

念奴娇 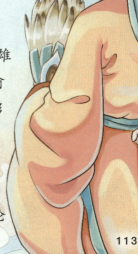① · 赤壁怀古

苏轼

　　大江东去，浪淘尽、千古风流人物。故垒②西边，人道是、三国周郎③赤壁。乱石穿空，惊涛拍岸，卷起千堆雪④。江山如画，一时多少豪杰。

　　遥想公瑾当年，小乔⑤初嫁了，雄姿英发⑥。羽扇纶巾⑦，谈笑间、樯橹⑧灰飞烟灭。故国⑨神游，多情应笑我，早生华发。人生如梦，一尊还酹江月。

字词注释 `考点`

① 念奴娇：词牌名。

② 故垒：过去遗留下来的营垒。

③ 周郎：指三国时吴国名将周瑜。

④ 雪：比喻浪花。

⑤ 小乔：周瑜的妻子。

⑥ 英发（fā）：谈吐不凡，见识卓越。

⑦ 纶巾：柔丝带的头巾。

⑧ 樯橹（qiánglǔ）：战船。樯，挂帆的桅杆。

⑨ 故国：这里指当年的赤壁战场。

译文

　　滚滚长江向东奔流，滔滔巨浪，涤荡了多少英雄人物。旧日营垒的西边，有人说，那儿是三国时周瑜大破曹军的赤壁。陡峭嶙峋的岩壁耸入云霄，汹涌澎湃的巨浪拍打江岸，卷起无数堆雪白的浪花。江山奇丽如画，一时间涌现出多少英雄豪杰。

　　让人不禁遥想起当年的周公瑾，美丽的小乔刚嫁给他，英姿雄健，神采照人。手摇羽扇，头戴纶

巾，谈笑之间，就将曹军的战船烧得灰飞烟灭。如今我身临古战场神游往昔，应笑我多愁善感，以至于过早生出了白发。人生犹如大梦一场，还是用一杯酒来祭奠江上的明月吧！

说词解意

这是一首怀古之作，气象宏伟、意境壮阔。"大江东去，浪淘尽、千古风流人物"与"江山如画，一时多少豪杰"传达出了一种豪放情怀与历史的流转变换。另外，"乱石穿空，惊涛拍岸，卷起千堆雪"除了表现一种宏大的气象外，其用雪借比浪花，想象丰富，令人感觉仿佛触手可及。

如果上阕用来怀古，那么下阕则重在抒情。"遥想公瑾当年，小乔初嫁了，雄姿英发"与"羽扇纶巾，谈笑间，樯橹灰飞烟灭"为整首词所传达的历史的厚重增添了几分浪漫情调。"故国神游，多情应笑我，早生华发"与"人生如梦，一尊还酹江月"则抒发了一种壮志未酬的感慨。

走近词人

被贬黄州两年，苏轼心中的愁苦仍在，为了放松心情，他经常游山玩水。这首词就是苏轼在黄州城外的赤壁（鼻）矶游玩时，有感而发所写。虽然这个赤壁和三国时期发生赤壁之战的赤壁不是一处，但是这里的壮丽景色，引发了苏轼对三国时期周瑜无限风光的追忆，同时也感叹时光易逝，感慨自己的坎坷命运。

开动小脑筋

苏轼为什么偏爱周瑜？

我们现代人知道的《三国演义》中的周瑜小气、妒忌诸葛亮的才华。但苏轼那个时代还没有《三国演义》，他了解的周瑜，不仅少年成名，事业顺遂，还娶了美人小乔为妻，可以称得上是人生赢家。而反观苏轼，虽然年少成名，但仕途上却一直走下坡路，所以他仰慕周瑜、羡慕周瑜。这也就是苏轼偏爱周瑜的原因。

语文大拓展

历史上著名的儒将，除了周瑜，还有以下几位：

冉求，春秋时鲁国将领，孔子弟子，曾在抵抗齐军的战斗中表现出色；孙武，春秋时吴国将领，著有《孙子兵法》，具有世界性影响力；李靖，唐朝名将，以卓越的军事才能和对国家的重大贡献著称；王阳明，一代大儒，心学的创立者，文武兼备。

冉求　孙武　王阳明　李靖

浣溪沙 · 游蕲水^①清泉寺

游蕲水清泉寺。寺临兰溪，溪水西流。

山下兰芽短浸溪，松间沙路净无泥。萧萧^②暮雨子规^③啼。

谁道人生无再少^④？门前流水尚能西。休将白发^⑤唱黄鸡^⑥。

字词注释 考点

❶蕲（qí）水：县名，今湖北浠水县。

❷萧萧：形容急骤的雨声。

❸子规：又叫杜宇，总是朝着北方鸣叫。

❹无再少：不能回到少年时代。

❺白发：老年。

❻唱黄鸡：感慨时光的流逝。

译 文

游玩蕲水的清泉寺，寺庙在兰溪的旁边，溪水向西流淌。

山下兰草的幼芽浸润在溪水中，松林间的沙路被雨水冲洗得一尘不染，细雨萧萧，杜鹃在傍晚发出鸣叫。

谁说人生就不能再回到少年时期？门前的溪水还能向西边流呢！即使到了老年也不要感叹时光的飞逝啊！

说词解意

这是一首借景抒情的词作。词的上阕用白描的手法，写暮春三月清泉寺幽雅的风光和环境，恬静淡雅，朴实无华；下阕抒情，即景取喻，陈词激昂，传达了词人的人生感悟，启人心智。这首词语言简短，但表达了词人虽处困境，但自觉老当益壮，透露出词人自强不息的精神，以及乐观、积极、向上的人生态度。

语文大拓展

黄鸡的典故

黄鸡的典故源自唐代诗人白居易的作品《醉歌示伎人商玲珑》。在这首诗中，白居易写道："谁道使君不解歌，听唱黄鸡与白日。黄鸡催晓丑时鸣，白日催年酉前没。"诗句中的"黄鸡催晓丑时鸣"用以象征时光的流逝，特别是通过黄鸡报晓的意象，表达了岁月不饶人的感慨。

定风波

三月七日，沙湖①道中遇雨。雨具先去，同行皆狼狈，余独不觉。已而②遂晴，故作此词。

莫听穿林打叶声③，何妨吟啸且徐行。竹杖芒鞋④轻胜马，谁怕？一蓑⑤烟雨任平生。

料峭⑥春风吹酒醒，微冷，山头斜照⑦却相迎。回首向来⑧萧瑟⑨处，归去，也无风雨也无晴。

字词注释 `考点`

❶ 沙湖：在今湖北黄冈东南。

❷ 已而：过了一会儿。

❸ 穿林打叶声：指大雨点透过树林打在树叶上的声音。

❹ 芒鞋：草鞋。

❺ 一蓑（suō）：蓑衣，用草或棕制成的雨披。

❻ 料峭：风微寒的样子。

❼ 斜照：偏西的阳光。

❽ 向来：方才。

❾ 萧瑟：风雨吹打树木之声。

译 文

宋神宗元丰五年（1082）的三月七日，在沙湖道上赶上了下雨，有人带着雨具先走了，同行的人都觉得很狼狈，只有我不这么觉得。过了一会儿天晴了，就作了这首词。

不用在意那穿林打叶的雨声，何妨吟咏长啸从容而行。挂竹杖、穿芒鞋，走得比骑马还轻便，一身蓑衣任凭风吹雨打照样过一生！

微凉的春风吹醒酒意，山头斜阳却应时相迎。回头望一眼走过来的风雨萧瑟的地方，我信步归去，管他风雨还是放晴！

说词解意

这是一首借雨抒怀的词作。上阕写词人于雨中潇洒前行，表现了他旷达乐观、无所畏惧的胸怀。其中的"一蓑烟雨任平生"从眼前的烟雨扩展到整个生命的历程，具有极强的象征意义。下阕的"料峭春风"与"山头斜照"形成一冷一热的对比，表现出造化弄人、福祸难料的生命状态。末句"回首向来萧瑟处，归去，也无风雨也无晴"则如佛家偈（jì）语，韵味无穷，充满禅意。

语文大拓展

《初到黄州》

自笑平生为口忙，老来事业转荒唐。
长江绕郭知鱼美，好竹连山觉笋香。
逐客不妨员外置，诗人例作水曹郎。
只惭无补丝毫事，尚费官家压酒囊。

这是苏轼被贬黄州时候写的一首诗，从这首诗中不难看出他乐观向上、努力地活出人生不同色彩的态度，这是值得人敬佩的，也是值得人学习的。

定风波 · 南海归赠王定国[1]侍人寓娘[2]

王定国歌儿曰柔奴，姓宇文氏，眉目娟丽，善应对，家世住京师。定国南迁归，余问柔："广南风土应是不好？"柔对曰："此心安处，便是吾乡。"因为缀词云。

常羡人间琢玉郎[3]，天应乞与点酥娘[4]。尽道清歌传皓齿[5]，风起，雪飞炎海[6]变清凉。

万里归来颜愈少。微笑，笑时犹带岭[7]梅香。试问岭南应不好，却道：此心安处是吾乡。

字词注释 考点

❶ 王定国：王巩，作者友人。

❷ 寓娘：王巩的歌妓，即下文的柔奴。

❸ 玉郎：泛指青年男子。

❹ 点酥娘：谓肤如凝脂般光洁细腻的美女。

❺ 皓齿：雪白的牙齿。

❻ 炎海：喻酷热。

❼ 岭：指大庾岭，沟通岭南岭北咽喉要道。

译 文

王定国的歌姬柔奴，姓宇文，眉清目秀，善于应对。她家住京师。王定国被贬到岭南宾州，柔奴也跟随他去了。等到他被赦免北归，我问柔奴："在岭南的生活，应该很不好过吧？"柔奴却回答："心安定的地方，便是我的故乡。"于是我为这件事写了首歌。

常常羡慕世间如玉雕琢般的男子，上天也怜惜他，赠予他佳人相伴。都说悦耳的歌声从她芳洁的口中传出，如同风起雪飞，使炎暑之地一变而为清凉之乡。

她从远方归来，更加容光焕发。微微一笑，笑颜里好像还带着岭南梅花的清香；试着问她，岭南不是很好吧？她却说，心安的地方便是故乡。

考点

说词解意

这首词是苏轼写给随王巩南迁归来的侍妾柔奴的。上阕主要描绘了柔奴天生丽质的形象以及清亮柔美的歌声。下阕则通过写柔奴北归，叙写柔奴的内在美，尤其"笑时犹带岭梅香"，更是用梅花赞美其高洁的品质，也是词人自身高风亮节的一种写照。末句的"试问岭南应不好，却道：此心安处是吾乡"，更是寄托了词人随遇而安的人生哲学。

语文大拓展

苏轼的平生功业

苏轼在他的《自题金山画像》一诗中说：

心似已灰之木，身如不系之舟。

问汝平生功业，黄州惠州儋州。

苏轼一生任职过的地方有凤翔、杭州、密州、徐州、湖州、黄州、登州、颍州、扬州、定州、惠州、儋州、常州等15处，但他却将黄州、惠州、儋州视为"功业"之地，除了自嘲之外，还说明这三地是他仕途上最为重要的三个转折点，这三个地方也给苏轼留下了难以磨灭的印象。

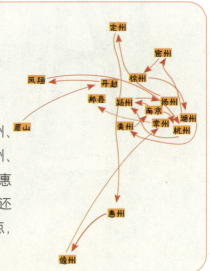

词王擂台赛

快问快答

1. 《卜算子·送鲍浩然之浙东》中，将山和水分别比作了什么？
2. 月亮有哪些别称？（答出三个即可）
3. "夜来风叶已鸣廊"中的"风叶"是什么意思？
4. "漏断人初静"的"漏断"指什么？
5. 《定风波》中有哪一句是苏轼一生的写照？
6. 苏轼是"唐宋八大家"之一吗？

填一填

苏轼

1. ＿＿＿＿＿＿＿＿＿＿，千万和春住。
2. ＿＿＿＿＿＿＿＿＿＿，鬓微霜，又何妨。
3. 故国神游，＿＿＿＿＿＿＿＿＿＿，早生华发。
4. 谁道人生无再少？门前流水尚能西。＿＿＿＿＿＿＿＿＿＿＿＿＿＿＿＿。
5. 莫听穿林打叶声。＿＿＿＿＿＿＿＿＿＿。

选一选

对《江城子·密州出猎》这首词的解说不恰当的一项是（　　）。

A. "亲射虎，看孙郎"是词人以孙权比况自己虽"鬓微霜"，但仍英武有为，希望能建功立业，报效朝廷。

B. 该词起句着一"狂"字，贯穿全篇，统摄了全词。

C. "天狼"喻指西北方的敌人。

D. "持节云中，何日遣冯唐？"词人以冯唐自比，表示自己敢于为蒙冤受屈的将领直言，使他们重新复职。

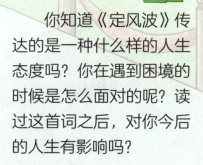

开动脑筋

你知道《定风波》传达的是一种什么样的人生态度吗？你在遇到困境的时候是怎么面对的呢？读过这首词之后，对你今后的人生有影响吗？

王观

123

答 案

1. 山比作了眉毛，水像流动的眼波。

2. 玉轮、玉盘、银钩、玉钩、冰鉴、冰轮、银盘、金轮、寒詹、圆影、桂轮、桂宫、广寒。

3. 风叶：风吹树叶所发出的声音。

4. 漏断：即指深夜。漏，指古人计时用的漏壶。

5. 一蓑烟雨任平生。

6. 是，苏轼是"唐宋八大家"之一。

填一填

1. 若到江南赶上春

2. 酒酣胸胆尚开张

3. 多情应笑我

4. 休将白发唱黄鸡

5. 何妨吟啸且徐行

选一选

D

开动脑筋

略

晏几道

性情孤傲的名相之子

金榜题名

牵连入狱

晚年潦倒

个性耿介 小令第一人

人物介绍

姓名：晏几道　字：叔原　号：小山
生卒年：1038—1110
出生地：抚州临川（今江西抚州）

临江仙① · 梦后楼台高锁

梦后楼台高锁，酒醒帘幕低垂。去年春恨却来②时。落花人独立，微雨燕双飞。

记得小蘋③初见，两重心字罗衣。琵琶弦上说相思。当时明月在，曾照彩云④归。

字词注释

① 临江仙：双调小令，唐教坊曲名，后用为词牌。

② 却来：又来，再来。

③ 小蘋：歌女名。

④ 彩云：比喻美人。

译 文

梦醒只见楼阁紧锁，醉后但见帷帘低垂。去年春天惹起的恨恚（huì）又来恼我。我孤独地立在落花间，双燕在细雨中翩翩飞舞。

记得初次见到歌女小蘋，她穿着绣有两重心字的薄绸衣衫，拨弹琵琶诉说相思滋味，当时月光是那样皎洁，她就像一朵彩云翩然归去。

词的上阕从醉眠醒来见到的楼台高锁、帘幕低垂的萧瑟景象，映射出词人内心的苦闷。上阕末句的"落花人独立，微雨燕双飞"虽是套用五代翁宏《春残》中的句子，但到了晏几道词中才传唱千古。因为"燕双飞"的反衬，"人独立"才尽显孤寂；而"落花""微雨"更是加深了"春恨"之人的愁绪。

下阕直说情事，用"记得"二字将时间推远，接下来便点明思念之情。"当时明月在，曾照彩云归"，当时的明月曾经照着她归去，而如今月色依旧，人却已不在，顿时无限怅惘。

语文大拓展

鲜衣怒马的晏几道

晏几道是含着金汤匙出生的。晏几道出生时，正是他的父亲晏殊官居相位之时，也是他家族鼎盛之时，而且晏几道出生时，晏殊已47岁，算是老来得子。所以，晏殊格外宠爱晏几道。虽然晏几道自幼聪颖过人，7岁就能写文章，14岁就得到了进士的身份，但是晏几道与贾宝玉有些相似，生来就在绮罗脂粉堆中长大，"金鞭美少年，去跃青骢马。牵系玉楼人，绣被春寒夜"，每天的生活就是纵横诗酒，斗鸡走马，乐享奢华。家中六位兄长先后步入仕途，而最为聪慧的晏几道只做风流公子，在官场上毫无建树。

鹧鸪天

　　彩袖❶殷勤捧玉钟❷。当年拚却❸醉颜红。舞低杨柳楼心月，歌尽桃花扇❹底❺风。

　　从别后，忆相逢。几回魂梦与君同❻。今宵剩❼把❽银钏❾照，犹恐相逢是梦中。

字词注释

❶ 彩袖：代指穿彩衣的歌女。

❷ 玉钟：古时指珍贵的酒杯。

❸ 拚却：甘愿，不顾惜。

❹ 桃花扇：歌舞时用作道具的扇子，绘有桃花。

❺ 低：使低。

❻ 同：聚在一起。

❼ 剩：尽。

❽ 把：持，握。

❾ 银钏：银质的灯台，代指灯。

译 文

　　你挥舞彩袖，手捧酒杯，殷勤劝酒，回想当年我虽然面色酡红，还是一饮而尽。你一直舞到杨柳梢头的明月照到楼心去，一直唱到桃花扇底的风儿消歇。

自从离别后，我总是回忆相见的情景，多少回梦里与你欢聚。今夜里我更是举起银灯将你细看，唯恐这次相逢又是在梦中。

晏殊亡故后，晏几道失去父亲庇佑，生活境况日趋恶化。在此背景下，他写了许多追忆往昔的词作，这首词是其中的佼佼之作。词中的歌女是朋友家中的几位歌女之一，他经常在这个朋友家饮酒听歌，与歌女很是熟悉。后来，晏几道与这个歌女离别之后，时常思念，现在突然重逢，令他又惊又喜，所以作了这首词。

语文大拓展

以梦入词

晏几道擅长以梦入词。从庄子的蝴蝶梦之后，梦境便被人们赋予更多的意象，成为历代文人表情达意的一种方式。晏几道更善此道。据统计，《小山词》中有50多首都写到了"梦"，占全部词作的五分之一，毫不夸张地说，晏几道在《小山词》中构建了一个"梦幻世界"。

黄庭坚

本是江湖寂寞人，写尽人间百味

书香门第　书法家　文学家

化石收藏家

江西诗派开山之祖

人物介绍

姓名：黄庭坚　　字：鲁直　　号：山谷道人

生卒年：1045—1105

出生地：洪州分宁（今江西省九江市修水县）

130

菩萨蛮 ❶

半烟半雨溪桥畔，渔翁醉着无人唤。疏懒❷意何长，春风花草香。

江山如有待❸，此意陶潜❹解。问我去何之，君行到自知。

黄庭坚

字词注释

❶ 菩萨蛮：唐教坊曲名，后为词牌名。
❷ 疏懒：懒散、悠闲，不习惯于受拘束。
❸ 有待：有所期待。
❹ 陶潜（qián）：即东晋诗人陶渊明。

译 文

溪水桥旁一半是烟雾一半是雨滴，渔翁喝醉酒睡着了，也没人召唤他。他那懒散的意味是何等深长啊，春风里飘散着花草的幽香。

山山水水在等待什么呢？其中的意味也只有陶渊明能理解。若问我到哪里去，你跟着我走自然就知道了。

131

鹊桥仙

纤云①弄巧②，飞星③传恨，银汉④迢迢⑤暗度。金风玉露⑥一相逢，便胜却人间无数。

柔情似水，佳期如梦，忍顾⑦鹊桥归路？两情若是久长时，又岂在朝朝暮暮⑧。

字词注释 考点

① 纤云：轻盈的云彩。
② 弄巧：指云彩变化多端。
③ 飞星：流星，一说指牵牛、织女二星。

④ 银汉：银河。
⑤ 迢迢：遥远的样子。
⑥ 金风玉露：指秋风白露。
⑦ 忍顾：怎忍回视。
⑧ 朝朝暮暮：指朝夕相聚。

译文

轻盈的彩云变化多端，天上的流星传递愁怨，遥远无垠的天河悄悄渡过。牛郎织女在秋风白露的七夕相会，就胜过尘世间无数的夫妻。

缱绻的柔情像流水，重逢的约会如梦幻，分别之时不忍去看那鹊桥路。若是两情长久，又何必在乎朝朝暮暮的短暂欢乐呢。

说词解意

　　这是一首咏七夕的词，以牛郎织女的传说故事为题材。词的上阕写牛郎织女佳期相会的情景，下阕写二人惜别之情，歌颂了坚贞不渝的爱情。此词一开始写变换的云彩、流星、银河描绘出一幅神秘浪漫的夜空，渲染气氛。接下来，词人以"佳期如梦"传达出相聚的短暂，一句"两情若是久长时，又岂在朝朝暮暮"升华了主题，揭示了爱情的真谛是超越时空和距离的。

　　全词结构紧凑构思巧妙，抒情、写景、议论融为一体，借景抒情，感情真挚深沉，最后一句是全词的点睛之笔，真挚的爱情观使得该词广为传诵。

宋词
一读就懂
不用背
一学就会

柳永

三大情歌王子

晏几道

秦观

秦观是苏轼的学生，是"苏门四学士"之一。秦观发奋读书，却两次落第。虽然秦观在考场不顺，在文学创作上却颇有建树，他凭借这首《鹊桥仙》留名千古，得以与柳永、晏几道并称"三大情歌王子"。

语文大拓展

有关银河的词

如今直上银河去，同到牵牛织女家。

——刘禹锡《浪淘沙·九曲黄河万里沙》

七夕年年信不违，银河清浅白云微，蟾光鹊影伯劳飞。

——毛文锡《浣溪沙·七夕年年信不违》

夜色银河情一片。轻帐偷欢，银烛罗屏怨。

——吴文英《凤栖梧·甲辰七夕》

孤兔凄凉照水，晓风起、银河西转。

——吴文英《玉漏迟·瓜泾度中秋夕赋》

深秋寒夜银河静，月明深院中庭。

——尹鹗《临江仙·深秋寒夜银河静》

千秋岁

秦观

水边沙外。城郭春寒退。花影乱，莺声碎❶。飘零疏酒盏❷，离别宽衣带❸。人不见，碧云暮合空相对。

忆昔西池❹会。鹓鹭❺同飞盖。携手处，今谁在。日边❻清梦断，镜里朱颜❼改。春去也，飞红❽万点愁如海。

字词注释 考点

❶ 碎：细碎。

❷ 疏酒盏：多时不饮酒。

❸ 宽衣带：谓人变瘦。

❹ 西池：北宋开封金明池。

❺ 鹓（yuān）鹭：指朝廷百官。

❻ 日边：比喻帝王左右。

❼ 朱颜：指青春年华。

❽ 飞红：落花。

译 文

城郭的春寒从溪水边消退了，花影摇曳，莺声呖呖。在外飘零的人，好久不饮酒了，离别让衣带宽松人消瘦。等不到来人，唯见黄昏的云朵跟自己相对。

追忆金明池相会，同僚们一块乘车出游。如今看当年携手的地方，还有谁在？回到皇帝身边的好梦破灭了，一照镜子才发现容颜渐老。春天走了，万般愁绪就如千万点落花。

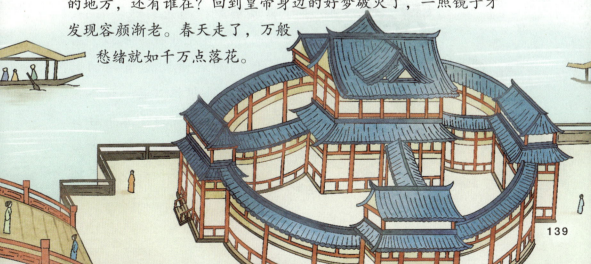

说词解意 考点

　　上阕着重写今日生活情景，下阕抒发由昔而今的感慨。此词在内容上由春景春情引发，由昔而今，由今而昔，由喜而悲，由悲而怨，把仕途上的不幸和年华老去的悲伤融为一体，集中抒发了贬徙之痛，飘零之苦。在艺术上一波三折，一唱三叹，蕴藉含蓄，感人肺腑；以景融情，境界深远，余味无穷。

走近词人

　　绍圣元年（1094），宋哲宗亲政后起用新党，包括苏轼、秦观在内的一大批"元祐党人"纷纷被贬。这首词就是秦观被贬之后的作品。词中所体现的情感极为悲伤，充分体现这位"古之伤心人"（清末江南才子冯煦对秦观、晏几道的评语）的性格特征。即：当他身处逆境之时，往往不能自拔，无法像苏轼那样，善于自我解脱，而是自叹、自伤，一往而深，直至于死。所以，当他的朋友看到这首词的时候，即担心其一蹶不振（秦观逝于五年后）。这也就是作者敏锐、善感的"词心"的体现。

贬

开动小脑筋

鹓鹭为什么代指朝迁百官？

《隋书·音乐志》中说，"怀黄绾白，鹓鹭成行。文赞百揆，武镇四方"，说的就是鹓与鹭飞翔的时候，往往成行成阵，百官参加朝会，也是有序有列。所以用鹓鹭来比喻班行有序的朝官。

语文大拓展

"镜里朱颜改"的化用

后世化用这句话最有意味的当数近代国学大师王国维。他在《蝶恋花》中写道：

阅尽天涯离别苦，不道归来，零落花如许。花底相看无一语，绿窗春与天俱暮。

待把相思灯下诉，一缕新欢，旧恨千千缕。最是人间留不住，朱颜辞镜花辞树。

整首词洋溢着浓烈的相思之愁。尤其是最后两句，用"辞镜"二字，点石成金，把"镜里朱颜改"化作"朱颜辞镜"，妙然天成。

踏莎行

　　雾失楼台，月迷津渡❶，桃源❷望断无寻处。可堪孤馆闭春寒，杜鹃声里斜阳暮。

　　驿寄梅花❸，鱼传尺素❹，砌❺成此恨无重数。郴江幸自❻绕郴山，为谁流下潇湘❼去。

字词注释

❶ 津渡：渡口。

❷ 桃源：指生活安乐、合乎理想的地方。

❸ 驿寄梅花：表示收到了来自远方的问候。

❹ 尺素：书信。

❺ 砌：堆积。

❻ 幸自：本来是。

❼ 潇湘：潇水和湘水。

译文

　　楼台消失在浓雾中，渡口隐没在朦胧的月色下。望断天涯，也找不到桃花源。怎能忍受得了在这春寒料峭时节，独居在孤寂的客馆，任杜鹃在斜阳里发出声声哀鸣呢！

　　远方的友人的书信，寄来了温暖的关心和嘱咐，却平添了我深深的别恨离愁。郴江环绕着郴山奔流，为了谁要流到潇湘去呢？

走近词人

秦观拜在苏轼门下之初，他借苏轼推荐，声名鹊起、仕途光明，何其风光。但是好景不长，因为苏轼反对王安石的变法，遭到了变法派的排挤和打压，就连身为他的门生的秦观也受到了牵连。秦观首先被贬为杭州通判，因又贬至处州任监酒税。无奈小人诬陷，又因此获罪"削秩徙郴州"。削秩是将所有的官职同封号除掉，是宋朝对士大夫最严重的惩罚。这首词就是在这样的境地中写下的。

语文大拓展

桃源的典故

语出《桃花源记》，《桃花源记》是东晋文学家陶渊明的代表作之一，是《桃花源诗》的序言，选自《陶渊明集》。此文借武陵渔人行踪这一线索，把现实和理想境界联系起来，通过对桃花源的安宁和乐、自由平等生活的描绘，表现了作者追求美好生活的理想和对当时现实生活的不满。

词王擂台赛

连一连

《鹊桥仙》　　　问我去何之，君行到自知。

秦观

《菩萨蛮》　　　两情若是久长时，又岂在朝朝暮暮。

黄庭坚

《鹧鸪天》　　　驿寄梅花，鱼传尺素。

晏几道

《踏莎行》　　　今宵剩把银釭照，犹恐相逢是梦中。

黄庭坚

填一填

给下列词语注音：

（　　　）　　（　　　）
　琵琶　　　　　疏懒

（　　　）　　（　　　）
　酒盏　　　　　桥畔

（　　　）　　（　　　）
　纤云　　　　　携手

（　　　）　　（　　　）
　桃源　　　　　帘幕

下列对词《清平乐》的内容
理解不正确的一项是：（　　）。

A、黄庭坚在诗词创作中，常喜欢堆砌典故，发议论，
　　这首词亦是如此。

B、"若有人知春去处，唤取归来同住"，希望有人知道
　　春天的去处，呼唤春天回来同住。

C、结尾两句写黄鹂不住地啼叫，婉转的啼声打破了寂
　　静，但词人从中仍得不到解答，心头的寂寞感更加
　　重了。

D、词中表现了词人对美好春光的珍惜与热爱。

秦观

《鹊桥仙》是一首用典的词作，
你还知道哪些用典的词作？说一说
你觉着用典的表现手法有什么好
处吧！

开动脑筋

145

连一连

秦观 　　　《鹊桥仙》　　　问我去何之，君行到自知。

　　　　　　　《菩萨蛮》　　　两情若是久长时，又岂在朝朝暮暮。

黄庭坚

晏几道 　　　《鹧鸪天》　　　驿寄梅花，鱼传尺素。

　　　　　　　《踏莎行》　　　今宵剩把银釭照，犹恐相逢是梦中。

填一填

pí pa； shū lǎn；

jiǔ zhǎn； qiáo pàn；

xiān yún； xié shǒu；

táo yuán； lián mù

选一选

A

答案

开动脑筋

略

贺铸

词坛奇人，弃武从文的江湖侠客

出身望族

任侠豪迈

贺鬼头 一身侠气

爱国忧时

与周邦彦齐名

人物介绍

姓名：贺铸　　字：方回　　号：庆湖遗老
生卒年：1052—1125
出生地：卫州（今河南卫辉）

147

六州歌头

少年侠气，交结五都①雄。肝胆洞，毛发耸。立谈中，死生同。一诺千金②重。推翘勇，矜豪纵。轻盖③拥，联飞鞚，斗城东。轰饮酒垆，春色浮寒瓮，吸海垂虹。闲呼鹰嗾④犬，白羽摘雕弓，狡穴俄空。乐匆匆。

似黄粱梦。辞丹凤，明月共，漾孤篷。官冗从⑤，怀倥偬⑥，落尘笼，簿书丛。鹖弁⑦如云众，供粗用，忽奇功。笳鼓⑧动，《渔阳⑨弄》，《思悲翁》。不请长缨，系取天骄种，剑吼西风。恨登山临水，手寄七弦桐⑩，目送归鸿。

译文

少年时侠肝义胆，在各大城市结交的朋友都是英雄豪杰。肝胆照人，动不动怒发冲冠。站立而谈，生死与共。许下的诺言值千金。推崇勇敢，狂放不羁。轻车簇拥，联镳驰逐，出游京郊。在酒店里豪饮，如同长鲸和垂虹那样，酒坛浮现春色。闲时带着鹰犬去打猎，拉弓射出羽箭，刹那间荡平了狡兔的巢穴。可惜快乐太匆匆。

如同黄粱一梦，很快离开京城。驾孤舟，唯有明月相伴。官位卑微，事多繁忙，情怀愁苦。陷入了污浊的官场，从事繁重的文书工作。像我这样成千上万的武官，都被派去打杂，不能疆场建功。笳鼓敲响了，渔阳之兵乱起来了，想我这悲愤的老兵，无路请缨，不能生擒西夏酋帅，就连宝剑也在秋风中发出愤怒的吼声。只能满怀惆怅游山临水，抚琴寄情，目送鸿雁。

说词解意 考点

这首词上阕开头就用"少年侠气"开始对年少时的事如数家珍，足显词人对自己年少时的意气风发的怀念；下阕笔锋直转，一个"似黄粱梦"，就将词文引向了现在的不如意，直抒自己仕途失意、壮志难酬的激愤之情。全词集叙事、抒情、议论于一体，词情慷慨，词调激昂，充分体现了词人抑郁不得志、悲壮苍凉之感。

走近词人

这首词写于宋哲宗元祐三年（1088）秋。当时西夏屡犯边界，元祐二年（1087）宋、夏两国议和，边境才得以稳定。不过，两国的议和并不是很顺利，虽然宋朝同意每年给西夏钱，但是兰州归属问题使两国僵持不下。当时贺铸虽然位卑人微，但是眼看宋王朝议和时如此地卑微、屈辱，令他义愤填膺，却又无能为力，只能写下这首感情充沛、闪耀着爱国主义思想光辉的豪放名作。

怎么能求和呢，唉！

开动小脑筋

宋词中，以戎马报国为主题，并用第一人称唱出的壮歌还有哪首？

北宋从开国开始，边境就不断遭受到辽、西夏、金、蒙古等少数民族的侵犯。可是，在北宋词人笔下，涉及爱国、抗战内容的词作，今仅见十余首。而像贺铸这样以戎马报国为主题，并用第一人称唱出的壮歌，又只有苏轼的一首《江城子·密州出猎》。

老夫也想上阵杀敌！

语文大拓展

古时候的鲸

词中提到的"吸海垂虹"中吸海指的是像鲸鱼吸海水、天降彩虹一样豪爽。可以看得出，宋朝人就已经知道鲸了。古时候，不同朝代对鲸的描述也各不相同，早在三国时期，就有关于鲸鱼搁浅事例，而没有具体描述；到了唐朝，人们了解了鲸的呼吸特点；宋朝有亲眼看见的人感叹它有百余丈，而且刘斧在《青琐高议》后集记载了关于鲸鱼搁浅的具体情况。而到了明清，才对鲸鱼大小有了更详尽的记录。就这样，鲸鱼逐渐被人了解了。

青玉案

凌波①不过横塘路，但目送、芳尘去。锦瑟华年谁与度？月桥②花院，琐窗③朱户，只有春知处。

飞云冉冉蘅皋④暮。彩笔新题断肠句。试问闲情都几许？一川⑤烟草，满城风絮。梅子黄时雨。

字词注释 考点

① 凌波：形容女子步态轻盈。

② 月桥：像弯月似的小拱桥。

③ 琐窗：雕绘连环形花纹的窗子。

④ 蘅皋：长着香草的沼泽中的高地。

⑤ 一川：遍地，一片。

译 文

她轻移莲步从横塘前匆匆走过，我只能目送她像芳尘一样飘去。美好的年华跟谁共度呢？拱月小桥，花开满院，雕花窗棂，朱红小门，只有春天才会知道她的居处。

暮云缓缓飞过长满杜蘅的小洲，我用彩笔写下伤感的诗句。要问我的忧伤有多少？就像这满城飘飞的柳絮，又像梅子黄时的雨丝，无边无际。

说词解意 考点

　　这首词为相思怀人之词，通过对暮春景色的描写，抒发作者的"闲愁"。上阕写路遇佳人而不知所往的怅惘情景，也含蓄地流露其沉沦下僚、怀才不遇的感慨；下阕写因思慕而引起的无限愁思，表现了幽居寂寞积郁难纾之情绪。全词立意新奇，想象丰富，历来广为传诵。

走近词人

　　这首词是贺铸晚年退隐苏州时候的作品。贺铸少年时意气风发，怀揣一颗报国心，但是他的一生却只做过一些芝麻小官，在政治上毫无建树。这样大的反差，令忧国忧民的贺铸愁绪满怀。这首词是贺铸在苏州时所作，当时他常常居住在盘门之外的横塘小筑。他因为这首词，还得到了一个"贺梅子"的雅号。

贺梅子安！

贺铸

初读平淡却余韵无穷的古诗词有哪些？

贺铸的"凌波不过横塘路，但目送、芳尘去"，初看平淡无奇，但越品越有韵味。古诗词中这种写法并不少见。比如：

今夕何夕，见此良人。——《诗经·绸缪》

思君令人老，岁月忽已晚。——《古诗十九首·行行重行行》

海水梦悠悠，君愁我亦愁。南风知我意，吹梦到西洲。

——《西洲曲》

词牌：青玉案

青玉案的词牌名源自张衡的《四愁诗》："美人赠我锦绣缎，何以报之青玉案。"这首诗的独特之处在于用一种情诗的形式，寄托了自己的政治抱负，抒发了自己忧国忧民的情怀，这首词奠定了这一曲牌的基调——政治不得意、满腹愁苦无奈，这一曲调深深契合了士大夫的审美诉求。

周邦彦

婉约词之集大成者，开格律词派先河

博学多才

作赋高手

文学家

音乐家

人物介绍

姓名：周邦彦　　字：美成　　号：清真居士
生卒年：1056—1121
出生地：钱塘（今浙江杭州）

兰陵王

柳阴直，烟里丝丝弄碧。隋堤①上、曾见几番，拂水飘绵送行色②。登临望故国，谁识京华倦客③？长亭路，年去岁来，应折柔条④过千尺。

闲寻旧踪迹，又酒趁哀弦⑤，灯照离席。梨花榆火催寒食⑥。愁一箭风快⑦，半篙波暖，回头迢递便数驿，望人在天北。

凄恻，恨堆积！渐⑧别浦萦回，津堠⑨岑寂，斜阳冉冉春无极。念月榭携手，露桥闻笛。沉思前事，似梦里，泪暗滴。

字词注释

① 隋堤：汴河之堤，隋炀帝时所建。

② 行色：行人出发前的景象、情状。

③ 京华倦客：作者自谓。

④ 柔条：柳枝。

⑤ 哀弦，哀怨的乐声。

⑥ 寒食：清明前一天为寒食。

⑦ 一箭风快：指正当顺风，船驶如箭。

⑧ 渐：正当。

⑨ 津堠：渡口附近供瞭望歇宿的守望所。

译文

柳荫直直地垂下，如丝柳枝在雾霭中泛起碧色。隋堤上，多少次看见柳絮飞舞，人们在水边折柳送别。登上高台望故国，谁认识我呢？长亭路上，一年又一年，折下的柳条也有上千尺了！

闲暇时到郊外寻找旧日的行踪，一边喝酒，一边聆听哀怨的琴声，孤灯照在离别的宴席上。梨花已经盛开，寒食节就要到了，人们将把榆柳的薪火取用。满怀愁绪地看着船像箭一样离开，竹篙插进温暖的水波使船前行。等船上的客人回头看时，几个驿站已被甩在后面，送别的人已是在天边。

凄惨啊，愁恨千万重。送别的河岸迂回曲折，渡口的土堡一片寂静。斜阳挂在半空，春色漫无边际。不禁想起在月光水榭中携手，一起在露珠盈盈的桥头听人吹笛。回忆往事，如同是一场大梦，不免暗中垂泪。

考点

这首词比较特殊，有上中下三阕。词的上阕借隋堤柳烘托了离别的气氛，中阕抒写乍然离开时不舍的离别之情，下阕写远别后的哀伤。这首词的上、中、下三阕连起来是一个连贯的故事，离别前、离别、离别后，感情不同，情绪层次递进，无论景语、情语，都很耐人寻味。

语文大拓展

长调

宋词依其字数的多少，有"小令""中调""长调"之分。据清代毛先舒《填词名解》之说，58字以内为小令，59—90字为中调，90字以外为长调。柳永、苏轼、周邦彦等人都擅长写长调，其中柳永的长调侧重于展开铺叙，娓娓道来；苏轼则擅长将奔放的情绪一脉贯穿；而周邦彦的长调要讲究章法一些，他的词往往张弛有度，曲折回环。

西河 · 金陵怀古

佳丽地。南朝盛事谁记。山围故国绕清江，髻鬟对起。怒涛寂寞打孤城，风樯遥度天际。

断崖树，犹倒倚。莫愁艇子曾系。空余旧迹郁苍苍，雾沉半垒。夜深月过女墙来，伤心东望淮水。

酒旗戏鼓甚处市。想依稀、王谢邻里。燕子不知何世。入寻常、巷陌人家，相对如说兴亡，斜阳里。

字词注释 考点

1. 西河：词牌名。又名"西河慢""西湖"。
2. 佳丽地：指金陵（今江苏南京市）。
3. 风樯：顺风扬帆的船只。
4. 女墙：城墙上的矮墙。
5. 酒旗：挂在酒店的酒招。
6. 戏鼓：演戏的场所。

译文

金陵胜地，南朝的繁华谁还记得呢？四围不断的青山，周遭环绕的碧水，宛如美人的发髻相对而起。孤独寂寞的波涛拍打着城墙，风帆消失在遥远的天际。

断崖岸边倒倚着一棵老树，当年莫愁的小船儿曾在上面拴系。如今只剩下郁郁苍苍的历史陈迹，石头城的旧垒沉入浓浓的雾气之中。夜深时，月亮照耀着女墙，伤心地向东遥望淮水。

招展的酒旗，擂响着鼓曲，这里是非常繁华的闹市？大概是当年王谢豪族的宅邸。燕子不知今天为何年何月，飞入了寻常巷陌，一对对地在斜阳下叽叽喳喳，仿佛在闲说兴亡。

说词解意

这首词是怀古咏史之作，上阕写金陵的优越地理形势，雄壮中蕴含落寞。中阕借用当地传说，抒发物是人非之感。下阕引用魏晋"王谢邻里"的古今对比抒发人世沧桑之思。全词寓悲壮情怀于空旷境界之中，强化了景物描写的冷寂和悲壮，境界开阔，内蕴深远。

走近词人

宋徽宗宣和二年（1120），北宋王朝日渐衰落，朝廷的大肆压榨，导致百姓不堪其扰。逼不得已，由方腊发起的农民起义军在南方起义，而词人此时恰在南方。他从杭州一路颠簸来到南京（今河南商丘），这期间，他切身体会到了农民起义的巨大冲击，产生了危机感，不由得发出"故国""孤城"的担忧。

词王擂台赛

选一选

1. 下面有关文学常识的表述，不正确的一项是（　　）。

A. 苏轼的词现存 340 多首，涵盖广泛的社会内容，将北宋诗文革新运动的精神扩大到词的领域，扫除了晚唐五代以来的传统词风，开创了与婉约派并立的豪放派。

B. 王安石字介甫，号半山，世称王文公，谥号荆国公，抚州临川人，北宋著名文学家，"唐宋八大家"之一。

C. 贺铸的词风格多样，善于锤炼字句，又常用古乐府和唐人词句入词，内容多刻画归情离思，也有嗟叹功名不就、纵酒狂放之作。

D. 柳永是北宋第一个专力写词的作家，由于生活环境及其他各方面的条件，他成为以描写城市风貌见长的婉约派的代表词人。

贺铸

周邦彦

160

① 轰饮酒垆，春色浮寒瓮。＿＿＿

＿＿＿＿＿＿＿＿＿＿＿＿＿＿。

② ＿＿＿＿＿＿＿＿＿＿＿＿＿，

但目送、芳尘去。

③ 柳阴直，＿＿＿＿＿＿＿＿＿。

④ 渐别浦萦回，津堠岑寂，＿＿＿

＿＿＿＿＿＿＿＿＿＿＿＿＿＿。

⑤ ＿＿＿＿＿＿＿＿＿＿＿＿＿，

风樯遥度天际。

我年少的时候"少年侠气，交结五都雄"，一腔热血报效国家，你现在是什么样的呢？你有什么理想，请说一说吧！

贺铸

周邦彦

161

选一选

B

填一填

1 吸海垂虹
2. 凌波不过横塘路
3. 烟里丝丝弄碧
4. 斜阳冉冉春无极
5. 怒涛寂寞打孤城

开动脑筋

略

答案

李清照

先甜后苦的千古第一才女

家学深厚

琴瑟和鸣

『词家三李』之一

婉约词宗 易安体

人物介绍

姓名：李清照　　号：易安居士

生卒年：1084—约 1155

出生地：齐州章丘（今山东省济南市）

如梦令·昨夜雨疏风骤

昨夜雨疏风骤。浓睡不消残酒。试问卷帘人，却道海棠依旧。知否。知否。应是绿肥红瘦❶。

字词注释 考点

❶绿肥红瘦：绿叶繁茂，红花凋零，指叶繁花少。

外面海棠还是老样子！

不对，不对，应该是"绿肥红瘦"！

译 文

昨夜雨点稀疏，风却很猛。沉睡一夜，醒来之后酒意依然没有消尽。问正在卷帘的侍女，她却说海棠花依然和昨天一样。可知道，可知道，这个时节应该是绿叶繁茂、红花凋零了。

词作趣事

李清照从小就很喜欢诗词，她勤于创作，还会请自己的父母点评，不断精进自己的作品。功夫不负有人心，她的词得到了很多人的认可。

一天，李清照在家写了一首很满意的词作，就开心地吟唱起来。而这恰巧被父亲李格非邀请来的客人听到了，他们都纷纷夸赞李清照的词写得好。李清照的父亲听了很自豪，又拿出李清照的一些作品给朋友们看，假托说是从别处抄过来的。其中就有这首《如梦令》。

果然，宾朋看了连连夸这些词好，尤其是《如梦令》这首词，意境很好，肯定是出自名家高手。其中有一个叫晁补之的诗人，他猜出了是李清照的词，便直接开口夸李清照有出息，大家听了也都跟着附和。就这样，在这些人的"宣传"下，李清照的名气越来越大了。

165

语文大拓展

李格非

李格非，是李清照的父亲，他不仅爱好文学，还是苏轼的学生，是"苏门后四学士"之一，在文学上也有一定的造诣。可见，李清照能有这样的诗词成就，在一定程度上离不开她的家学渊源。

李清照

我很早就会作词了！

我也出自书香世家。

我是苏门后四学士之一

王氏（李清照之母）

李格非（李清照之父）

宋朝酒文化

和现代人单调地喝酒不同，宋朝人喝酒喝的是情调。

文人聚在一起，吟诗作乐，酒就成了一种乐子，喝起来助助兴，欧阳修的《醉翁亭记》中就有"曲水流觞"的游戏。除此之外，我们熟悉的飞花令也是他们行酒令的一种游戏。

如梦令

常记溪亭①日暮，沉醉不知归路。兴尽晚回舟，误入藕花深处。争渡②，争渡，惊起一滩鸥鹭③。

字词注释

① 溪亭：临水的亭台。　② 争渡：奋力把船划出去。

③ 鸥鹭：这里泛指水鸟。

译文

时常记起暮色中的溪边小亭，酩酊大醉忘记了回家的路。尽了酒兴才乘舟返回，不小心进入藕花中央。奋力划船呀！奋力划船呀！划船声惊起了一群鸥鹭。

走近词人

　　李清照18岁之前到汴京，24岁时，公公赵挺之被罢相，不久她便随丈夫赵明诚来到青州，"屏居乡里十年"。赵明诚是金石学家，李清照的雅兴一度转移到与丈夫共同搜集、整理、勘校金石书籍方面。所以此词当是作者结婚前后居汴京时所作。

语文大拓展

李清照所处的时代背景

　　李清照生活在北宋末年至南宋初期这一段历史时期。她的青年时期相对幸福，但随着北宋的灭亡和南宋的建立，她的生活发生了巨大的变化。

　　金兵入侵，北方沦陷，李清照不得不南迁，经历了许多苦难。她南渡后的词，一改早年的清丽、明快，变为凄凉、低沉之音，多为伤时念旧和怀乡悼亡之作。

醉花阴

李清照

薄雾浓云愁永昼❶。瑞脑❷消金兽。佳节又重阳❸，玉枕纱厨❹，半夜凉初透。

东篱❺把酒黄昏后。有暗香❻盈袖。莫道不消魂❼，帘卷西风❽，人比黄花❾瘦。

字词注释 考点

❶ 永昼：漫长的白天。

❷ 瑞脑：一种熏香名。

❸ 重阳：农历九月九日为重阳节。

❹ 纱厨：防蚊蝇的纱帐。

❺ 东篱：泛指采菊之地。

❻ 暗香：菊花的幽香。

❼ 消魂：形容极度忧愁、悲伤。

❽ 西风：秋风。

❾ 黄花：菊花。

译文

薄雾浓云，给漫长的白天平添了忧愁。龙脑香在金兽香炉中缭绕。又到了重阳佳节，卧在玉枕纱帐中，半夜的凉气将全身浸透。

在东篱边饮酒直到黄昏以后，淡淡的黄菊清香溢满双袖。怎么能不令人伤感呢？风吹起珠帘，人因相思变得比黄花还要瘦！

169

走近词人

　　这首词是李清照前期的怀人之作。宋徽宗建中靖国元年（1101），18岁的李清照嫁给太学生赵明诚，婚后不久，丈夫便"负笈远游"，深闺寂寞，她深深思念着远行的丈夫。崇宁二年（1103）重阳节，每逢佳节倍思亲，她便写了这首词寄给赵明诚。

语文大拓展

　　《醉花阴》是词牌名，又名"九日"，双调小令，仄韵格，52字，上下阕各五句三仄韵。

　　提到《醉花阴》的"压卷之作"便是这首李清照的词，写重阳节把酒赏菊的情景。

　　重阳节是中国传统节日之一。由来可以追溯到先秦时期，古人会在农历九月九日这天举行祭祀祈福活动，九月九日，两九相重，故称重阳。到了唐代，重阳节被正式定为民间的节日。重阳节这天的民俗活动丰富多彩，有登高、插茱萸、赏菊、饮菊花酒、吃重阳糕、晒秋、回娘家、祭祖敬老等习俗。

一剪梅

李清照

红藕❶香残玉簟❷秋，轻解罗裳❸，独上兰舟❹。云中谁寄锦书❺来？雁字❻回时，月满西楼。

花自飘零水自流。一种相思，两处闲愁。此情无计可消除，才下眉头，却上心头。

字词注释 考点

❶ 红藕：粉红色的荷花。
❷ 玉簟（diàn）：光滑似玉的精美竹席。
❸ 裳（cháng）：古人穿的下衣，也泛指衣服。
❹ 兰舟：木兰舟，船的美称。
❺ 锦书：书信的美称。
❻ 雁字：群飞的大雁。

译 文

粉红色的荷花已凋谢，幽香也消散，秋意铺满如玉的竹席。轻轻解开罗衫，独自登上小船。遥望云天，谁会给我寄来夫君的书信呢？雁群飞回来时，月光已经洒满西楼。

花儿独自凋零，溪水孤独流淌。彼此一样的相思，却在两处忧愁。这相思的愁苦实在无法排遣，刚从眉间消失，却又升上心头。

这是一首思念良人的词作。开首"红藕香残玉簟秋"将清秋未寒先冷的特色渲染了出来，另外红藕香残的凋零景象也为全词铺设了凄凉的气氛。"轻解罗裳……月满西楼"叙写了词人从独自泛舟水上到夜间月色浸入的寂寥情怀，并对"白云""归雁"寄托自己对良人的思念之情。"花自飘零水自流。一种相思，两处闲愁"推己及人，体现了词人与良人的两地之思。

走近词人

宋徽宗崇宁元年（1102）七月，李清照的父亲李格非被列入元祐党籍，罢官回返原籍。不仅如此，朝廷为了打击元祐党人，就连元祐党人的家人也不能在京城居住，因此李清照受到牵连，被迫还乡。李清照与赵明诚这对原本恩爱的夫妻，面临这样长期的分离，不知道未来会如何。就是在这样的特殊时期，李清照写下这首满是愁思念的《一剪梅》。

哪些诗词与"此情无计可消除，才下眉头，却上心头"有异曲同工之妙？

"此情无计可消除，才下眉头，却上心头"化用了范仲淹《御街行》中的"都来此事，眉间心上，无计相回避"，表现了词人内心的苦闷。李清照通过"眉头"到"心上"，把真挚的感情由外露转向内心，表达了自己绵绵无尽的相思与愁情，感人至深，这与李煜的《相见欢》"剪不断，理还乱，是离愁，别是一般滋味在心头"有异曲同工之妙，都是千古绝唱。

语文大拓展

古人传递书信的方式

古时候科技落后，远距离的沟通主要靠书信来完成。古人传递书信的方式也是五花八门，最主要的还是通过驿站传递，此外还有用专门的信鸽来传递书信、用狗传递书信、熟人捎信，还有鸿雁传递书信等。词中提到的"云中谁寄锦书来"就是借用了鸿雁传书的典故：西汉时苏武在出使匈奴的时候，被无端扣留了，为了帮他脱身，汉朝使者就编了一个大汉天子已收到苏武"鸿雁传书"的借口。匈奴人看苏武这样厉害，鸿雁都帮着他，就把他放了。

渔家傲

天接云涛连晓雾，星河欲转千帆舞。仿佛梦魂归帝所①，闻天语②，殷勤问我归何处。

我报路长嗟③日暮，学诗谩有④惊人句。九万里风鹏⑤正举。风休住，蓬舟⑥吹取⑦三山⑧去。

字词注释 考点

① 帝所：天帝居住的地方。

② 天语：天帝的话语。

③ 嗟：慨叹。

④ 谩有：空有。

⑤ 鹏：古代神话传说中的大鸟。

⑥ 蓬舟：像蓬蒿被风吹转的船。

⑦ 吹取：吹得。

⑧ 三山：蓬莱、方丈、瀛洲三座仙山。

译文

水天相接，晨雾蒙蒙，银河转动，像无数的船帆在舞动。梦魂仿佛回天庭，听见天帝在对我说话。他热情而又真诚地问我要到哪里去。

我回答路途还很漫长，黄昏了都不能到达。即使我学诗能写出惊人的句子，又有什么用呢？长空九万里，大鹏冲天高飞。风千万别停，载着我的这一叶轻舟，直送往世外的仙山。

考点

说词解意

　　这首词气势磅礴，语言豪迈，是李清照的另类作品。全词打破了上阕写景下阕抒情或情景交错的惯常格局，以故事性情节为主干，以人神对话为内容，实现了梦幻与生活、历史与现实的有机结合，用典巧妙，景象壮阔，充分显示了作者性情中豪放不羁的一面。

语文大拓展

路长嗟日暮

　　路长日暮的典故出自屈原的《离骚》："欲少留此灵琐兮，日忽忽其将暮……路曼曼其修远兮，吾将上下而求索"。屈原要表达的是在追求真知的路上，要不遗余力，全力前往，而李清照化用屈原的典故，说人世间不自由，纵使是能写出"惊人句"，也依然是前路漫漫，需要去探寻。

武陵春

　　风住尘香❶花已尽，日晚倦梳头❷。物是人非❸事事休，欲语泪先流。

　　闻说双溪❹春尚好，也拟❺泛轻舟。只恐双溪舴艋舟❻，载不动许多愁。

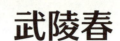

字词注释

❶ 尘香：落花触地，尘土也沾染上落花的香气。

❷ 梳头：梳妆打扮。

❸ 物是人非：事物依旧在，人不似往昔了。

❹ 双溪：水名，在今浙江金华。

❺ 拟：准备、打算。

❻ 舴艋（zéměng）舟：两头尖如蚱蜢的小船。

译 文

　　风停了，花儿已凋落，尘土还带有花的香气。红日已高，却仍无心梳洗打扮。物是人非，一切事情都已经结束。想要倾诉，还未开口，眼泪先流下来。

听说双溪还残存几分春光，我也打算泛舟前去。只恐怕蚱蜢般的小船，载不动我沉重的忧愁啊！

说词解意 考点

这首词是词人借暮春之景抒发内心的愁苦之情。上阕的"风住尘香花已尽，日晚倦梳头"叙写了暮春花落、词人慵懒的情景。"物是人非事事休，欲语泪先流"可谓五味杂陈，结合词人当时的处境，既有山河破碎的家国情怀，又有孀居的孤寂落寞，读来一唱三叹，抒情哀婉。下阕的情绪变动一波三折，悲喜交加。尤其是结尾的"只恐双溪蚱蜢舟，载不动许多愁"将抽象化的哀愁进行具象化的描写，将词人内心的愁苦进行艺术性的量化，表达了词人的愁苦满怀之情。

语文大拓展

关于蚱蜢舟的诗词

织蓬眠蚱蜢，惊梦起鸳鸯。
　　——杜牧《春日言怀寄虢州李常侍十韵》
泉沙软卧鸳鸯暖，曲岸回篙蚱蜢迟。
　　——李贺《南园十三首·其九》
听君总画麒麟阁，还我闲眠蚱蜢舟。
　　——司空图《携仙箓九首》
蟾蜍影里清吟苦，蚱蜢舟中白发生。
　　——方干《赠钱塘湖上唐处士》

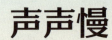

声声慢

寻寻觅觅①，冷冷清清，凄凄惨惨戚戚②。乍暖还寒③时候，最难将息④。三杯两盏淡酒，怎敌他⑤、晚来风急。雁过也，正伤心，却是旧时相识。

满地黄花堆积。憔悴损⑥、如今有谁堪⑦摘。守着窗儿，独自怎生⑧得黑。梧桐更兼细雨，到黄昏、点点滴滴。这次第，怎一个愁字了得。

字词注释 `考点`

① 寻寻觅觅：想把失去的一切都找回来。

② 凄凄惨惨戚戚：忧愁苦闷的样子。

③ 乍暖还（huán）寒：指秋天的天气，忽然变暖，又转寒冷。

④ 将息：旧时方言，休养调理之意。

⑤ 怎敌他：怎么对付、抵挡。

⑥ 损：表示程度很深。

⑦ 堪：可以，能够。

⑧ 怎生：怎么、怎样。

译 文

苦苦寻觅，却只见冷冷清清，怎不让人凄惨悲戚。天气总是忽然变暖又转寒，最难休养调理。喝几杯淡酒，怎么能抵挡得住傍晚的寒风紧吹？一行大雁从头顶上飞过，更让人伤心，因为它们是当年为我传递书信的旧相识。

菊花堆积满地，凋零不成样子，如今有谁可以摘取？守在窗前，一个人怎样才能熬到天黑？梧桐叶上细雨如丝，到黄昏时分，雨声还是淅淅沥沥。这般光景，一个"愁"字怎么说得完呢！

说词解意

这首词是词人在国破家亡、丈夫早逝的情况下写就，表达了其不胜悲凉的愁寂落寞。词人内心的惆怅之情无法言表，"寻寻觅觅，冷冷清清"表达了她情不知所归、心不知所向的悲戚迷茫。连续的叠词在情感的表达与氛围的渲染上更有力量。暖酒不敌秋意寒，雁过更添相思苦。整首词写一个"愁"字，以其细腻的情感表达，感人至深而流传千古。

语文大拓展

靖康之耻

靖康之耻是指发生于北宋靖康年间（1126—1127）的历史事件。靖康二年（1127）四月，金军攻破东京，不仅宋徽宗、宋钦宗，就连赵氏皇族、后宫妃嫔、皇后以及大臣在内的3000多人都被掳到了金国，京城内的财物被掳掠一空，北宋灭亡。这次的事件史称"靖康之变"，又称"靖康之耻"。

词王擂台赛

❶ 知否。知否。_____。

❷ _____，载不动许多愁。

❸ 天接云涛连晓雾，_____。

❹ _____，才下眉头，却上心头。

❺ 物是人非事事休，_____。

❻ _____，_____，半夜凉初透。

❼ 这次第，_____。

❽ 九万里风鹏正举。_____，_____。

擂

字斟句酌

李清照

解释下列词语：

❶ 绿肥红瘦：_____

❷ 黄花：_____

❸ 玉簟：_____

❹ 锦书：_____

❺ 蓬舟：_____

❻ 物是人非：_____

❼ 凄凄惨惨戚戚：_____

❽ 乍暖还寒：_____

1 _____

淡云来往月疏疏

2 _____

薄雾浓云愁永昼

3 _____

归鸿声断残云碧

4 _____

云自无心水自闲

能言善辩

"云中谁寄锦书来？雁字回时，月满西楼"，你觉得这里的"谁"指的是谁，为什么这封"锦书"能够牵动擂主的心弦？可以联合擂主的生平，来说一说吗？

李清照

1. 应是绿肥红瘦
2. 只恐双溪舴艋舟
3. 星河欲转千帆舞
4. 此情无计可消除
5. 欲语泪先流
6. 佳节又重阳，玉枕纱厨
7. 怎一个愁字了得
8. 风休住，蓬舟吹取三山去

1. 绿肥红瘦：绿叶繁茂，红花凋零，指叶繁花少
2. 黄花：菊花
3. 玉簟：光滑似玉的精美竹席
4. 锦书：书信的美称
5. 蓬舟：像蓬蒿被风吹转的船
6. 物是人非：事物依旧在，人不似往昔了
7. 凄凄惨惨戚戚：忧愁苦闷的样子
8. 乍暖还寒：指秋天的天气，忽然变暖，又转寒冷

1 云中谁寄锦书来
2. 直挂云帆济沧海
3. 不畏浮云遮望眼
4. 除却巫山不是云

略

岳飞

一词压两宋，一人抵万军

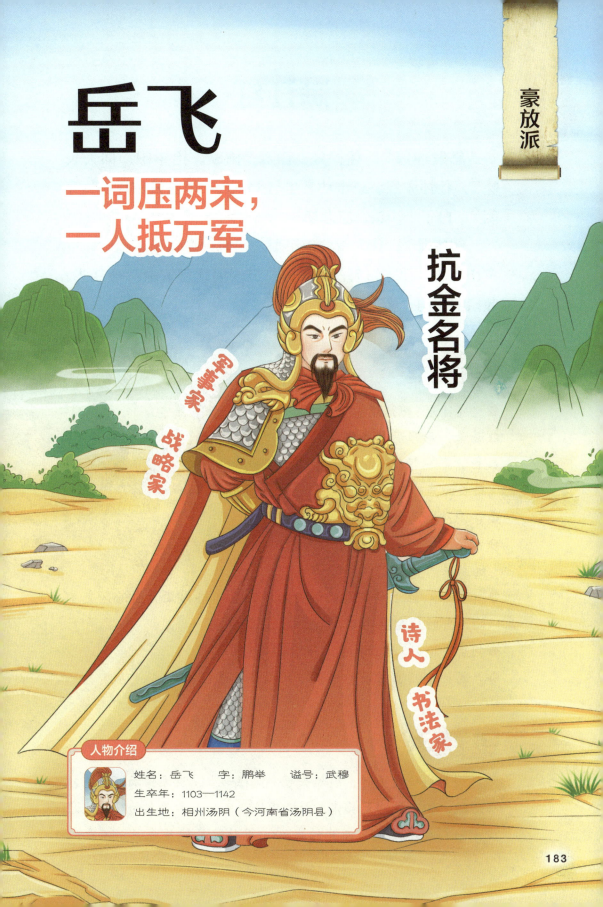

豪放派

抗金名将

军事家 战略家

诗人 书法家

人物介绍

姓名：岳飞　　字：鹏举　　谥号：武穆
生卒年：1103—1142
出生地：相州汤阴（今河南省汤阴县）

满江红

怒发冲冠❶，凭栏处、潇潇❷雨歇。抬望眼、仰天长啸❸，壮怀激烈。三十功名尘与土，八千里路云和月。莫等闲❹、白了少年头，空悲切！

靖康耻❺，犹未雪。臣子恨，何时灭。驾长车踏破、贺兰山❻缺。壮志饥餐胡虏❼肉，笑谈渴饮匈奴血。待从头、收拾旧山河，朝天阙❽。

字词注释 考点

❶ 怒发冲冠：形容愤怒至极。

❷ 潇潇：形容雨势急骤。

❸ 长啸：感情激动时撮口发出清而长的声音。

❹ 等闲：轻易，随便。

❺ 靖康耻：指靖康之变带来的国仇家恨。

❻ 贺兰山：位于今宁夏回族自治区西北部与内蒙古自治区交界处，当时被金兵占领。

❼ 胡虏（lǔ）：对女真族入侵者的蔑称。

❽ 天阙：本指宫殿前的楼观，此指皇帝居住的地方。

译文

愤怒得头发竖起，顶起头冠，凭栏而立，疾风骤雨消歇。抬头远眺，禁不住仰天长啸，心情悲壮激烈。30多年来的功名就像尘土一样微不足道，南北转战8000里往往是披星戴月。不要随

184

便虚度岁月啊，否则到了年老的时候，只能徒然悲切。

靖康之变的耻辱，至今仍没有被洗刷。国家臣子的愤恨，何时才能消散！驾着战车，把贺兰山踏为平地。满怀壮志，饥饿了就吃胡虏的血肉，谈笑渴了就喝匈奴人的鲜血。等重新收复旧日山河，再把捷报向朝廷报告。

说词解意 考点

这首词的上阕表达了对中原沦陷的痛心疾首，仅开头的一个"怒发冲冠"就奠定了全词的基调，可以看出词人对前功尽弃的惋惜之情；词的下阕则更显激昂，词人将深入骨髓的家国大义，对敌人的刻骨仇恨、对收复失地的殷切希望统统宣泄出来。全词言辞壮烈，词人情绪激昂，彰显了为国家建功立业的决心。

走近词人

南宋绍兴六年（1136），岳飞第二次出师北伐，初时，捷报频传，但后来岳飞自己是孤军深入，既没有粮草供应，又没有援兵，最后不得不撤回鄂州（今湖北武昌）。此次北伐，事与愿违，遂在镇守鄂州时写下了千古绝唱的名词《满江红》。

185

开动小脑筋

诗人因何怒发冲冠？

岳飞领兵领军北伐四次，等到第四次北伐时，他带领岳家军一路势如破竹，直接攻下距东京只有45里的朱仙镇。金兵元气大伤，已有逃归的势头。岳飞见抗战形势一片大好，决心乘胜追击，收复故都，恢复中原。而就在这关键的时刻，岳飞一天内竟收到了来自宋高宗的12道金牌，催促他班师回朝。眼见功败垂成，岳飞悲愤万分，高呼："十年之力，废于一旦！"

将军归来！

语文大拓展

岳母刺字

岳飞的精忠爱国感动了一代又一代的人，他的故事在坊间一直流传了下来，关于他的故事也很多，其中最为人熟知的故事就是"岳母刺字"。故事的主要内容就是岳飞的母亲为了让岳飞能时刻牢记自己的爱国使命、不忘故土，就在他的后背上刺下了永不褪色的"精忠报国"四个大字。虽然这个故事没有确切的史料记载，但是这种爱国的精神是值得每个人学习的。

快跑，岳家军来啦！

小重山

岳飞

昨夜寒蛩❶不住鸣。惊回千里梦❷，已三更❸。起来独自绕阶行。人悄悄，帘外月胧明❹。

白首为功名❺。旧山❻松竹老，阻归程。欲将心事付❼瑶琴❽。知音❾少，弦断有谁听？

字词注释

❶寒蛩（qióng）：秋天的蟋蟀。

❷千里梦：指赴千里外杀敌报国的梦。

❸三更：指半夜11时至翌晨1时。

❹月胧明：月光不明。

❺功名：此指驱逐金兵的入侵，收复失地而建功立业。

❻旧山：家乡的山。

❼付：付与。

❽瑶琴：饰以美玉的琴。

❾知音：比喻知己。

译 文

秋夜，蟋蟀止不住地鸣叫，将我从遥远的梦境中惊醒，已是三更时分。起来独自绕着台阶踽踽而行。四周静悄悄，只有

帘外朦胧月色。

为建功立业，而头发飞白。家乡的松竹已长大，无奈归程已断。想把满腹心事托付瑶琴，可知音太少，即使弹到琴弦断裂，又有谁来听呢？

走近词人

这首词的上阕重在写景，夜晚的凄清、孤寂，从侧面烘托出词人当时的心境，自己在抗金的路上踽踽独行。词的下阕着重表达了词人收复失地受阻的苦闷，引用子期伯牙的典故，道尽了自己抗金路上无人帮扶的窘境。有别于《满江红》的慷慨激昂，这首词婉转含蓄，情景交融，寓情于景，深切表达了作者心事无人理解的苦闷。

语文大拓展

岳飞之死

1140年，岳家军坚持抵抗，大破金兵。宰相秦桧力主和，岳飞在被12道金牌召回后，就遭到了秦桧、张俊等人的诬陷。绍兴十一年（1142）十二月二十九日，岳飞以"莫须有"罪名被赐死于大理寺，他的长子岳云、部将张宪等人一同被害。岳飞死后20多年后，直到宋孝宗时才得以平反昭雪，追谥武穆，后又追谥忠武，封鄂王。

陆游

生命不息，战斗不止的一介书生

爱国诗人　书法家

「中兴四大诗人」力主北伐

人物介绍

姓名：陆游　字：务观　号：放翁
生卒年：1125—1210
出生地：越州山阴（今浙江省绍兴市）

钗头凤

红酥手❶，黄滕酒，满城春色宫墙❷柳。东风恶，欢情薄。一怀愁绪，几年离索❸。错！错！错！

春如旧，人空瘦，泪痕红浥❹鲛绡❺透。桃花落，闲池阁。山盟虽在，锦书❻难托。莫！莫！莫！

字词注释 考点

❶红酥手：红润柔嫩的手。

❷宫墙：南宋以绍兴为陪都，因此有宫墙。

❸离索：离群索居。

❹浥（yì）：湿润。

❺鲛绡（jiāoxiāo）：神话传说中鲛人所织的绡，极薄，这里指手帕。

❻锦书：书信。

译文

红润柔嫩的手里，捧着一杯黄滕酒。满城的春色笼罩在宫墙里的绿柳上。春风多么可恶，吹薄了欢情。满怀的忧愁，几年的离群索居，让我生出了满怀的忧愁，无奈感感叹：错，错，错！

春景依旧，人日见消瘦。泪水洗尽脸上的胭脂，又把薄绸的手帕全都湿透。桃花被风吹落，洒在清冷的池塘楼阁上。相爱的誓言还在，可是却不知道寄向何处，只能悲叹：莫，莫，莫！

说词解意 考点

这首词的上阕感叹被迫离异的痛苦；词的下阕写两人分离后词人以泪洗面，痛苦不堪的往事，以及对以后情缘难续的感伤。全词多用对比，声韵凄紧，无论是对前事的追忆，还是对今后的生活，无不体现出他难以言状的凄楚痴情，全词情感真挚，是一首催人泪下的词作。

走近词人

陆游的原配夫人唐婉是大才女，他们婚后感情很好，琴瑟和鸣。无奈，陆游的母亲不喜欢唐婉，最终，还是硬生生地将这对有情人给拆散了。离婚后的唐婉嫁给了赵士程。几年后的一个春日，陆游在家乡沈园遇到了夫妻同游的唐婉。他心中感触很深，就趁着酒醉在园壁上写下了这首词。

宋词 一读就懂 不用背 学就会

诗词里形容手的句子有哪些？

手如柔荑，肤如凝脂。

——《诗经》

指如削葱根，口如含朱丹。

——《孔雀东南飞》

娥娥红粉妆，纤纤出素手。

——《古诗十九首》

一双十指玉纤纤，不是风流物不拈。

——秦韬玉《咏手》

纤纤素手如霜雪，笑把秋花插。

——苏轼《劝金船》

腕白肤红玉笋芽，调琴抽线露尖斜。

——韩偓《咏手》

垂手明如玉。

——南朝民歌《西洲曲》

语文大拓展

钗头凤

〔宋〕唐婉

世情薄，人情恶，雨送黄昏花易落。晓风干，泪痕残。欲笺心事，独语斜阑。难，难，难！

人成各，今非昨，病魂常似秋千索。角声寒，夜阑珊。怕人寻问，咽泪装欢。瞒，瞒，瞒！

秋波媚 · 七月十六日晚登高兴亭[1] 望长安南山

陆游

秋到边城角声[2]哀，烽火照高台[3]。悲歌击筑[4]，凭高酹酒[5]，此兴悠哉。

多情谁似南山月，特地暮云开。灞桥[6]烟柳，曲江[7]池馆，应[8]待人来。

译文

秋意来到边城，听到号角哀鸣，烽火映照着高兴亭。击筑高歌，站在高处把酒洒向国土，引起了收复关中的万丈豪情。

谁能像南山明月那么多情，把层层的暮云都推开？灞桥边的如烟翠柳，曲江池畔的美丽楼台，应该等着我军收复失地胜利归来！

193

走近词人

南宋乾道五年（1169）宋孝宗准备第二次北伐，陆游也被召往前线。然而，陆游的激动也没有维持多久，因为八个月过后朝廷便否决了这个计划。之后，他接受了四川宣抚使王炎邀请，到前线四川南郑任职，从此开始了9个月的从军生活。王炎是抗金的重要人物，他们二人意气相投，志同道合，陆游喜欢上了南郑，甚至想一直留下来。这首词就是陆游在南郑的高兴亭写下的。

语文大拓展

陆游词的特点

陆游的词集豪放婉约于一体，不仅写他的爱国情怀，表达他壮志未酬的忧愤，与苏辛的豪放词接近；也写清丽缠绵之作，真挚动人，与婉约派相近。相比较起来，陆游的词更偏向于豪放派，因他坎坷的身世经历和个性特色，致使他的词更多是慷慨雄浑、爱国情怀激荡的词作，风格与辛弃疾比较接近。

诉衷情

陆游

当年万里觅封侯，匹马戍❶梁州❷。关河❸梦断何处？尘暗旧貂裘❹。

胡❺未灭，鬓先秋，泪空流。此生谁料，心在天山❻，身老沧洲❼。

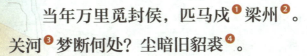
字词注释

❶ 戍（shù）：守边。

❷ 梁州：宋时四川宣抚使幕府所在地。

❸ 关河：关塞、河流。

❹ 尘暗旧貂裘：这里借用苏秦典故，说自己不受重用，未能施展抱负。

❺ 胡：此处指金入侵者。

❻ 天山：这里代指南宋与金国相持的西北前线。

❼ 沧洲：靠近水的地方，古时常用来泛指隐士居住之地，这里是指作者位于镜湖之滨的家乡。

译文

当年为了建功立业驰骋万里，单枪匹马去戍守梁州。如今只是梦里见到关塞，那些曾穿过的貂裘，已积满灰尘，变得又暗又旧。

胡人还未消灭，双鬓却已斑白，只能任由忧国的眼泪枉然流淌。谁承想这一生，心系天山，人却苍老在沧洲！

走近词人

南宋淳熙十六年（1189），陆游因为主战，受到了主和派的攻击，被弹劾罢官了。之后，他退隐山阴故居长达12年。在这期间，陆游写下了一系列爱国诗词，这就是其中的一篇。看陆游的词作，可以看出他恢复中原的想法一直都未曾被磨灭，但奈何报国无门，壮志难酬啊！

唉，又得走了！

语文大拓展

陆游的诗

陆游不仅精于词作，他的诗也有重要地位，对后世影响比较深远，如：

冬夜读书示子聿

古人学问无遗力，少壮工夫老始成。
纸上得来终觉浅，绝知此事要躬行。

病起书怀

病骨支离纱帽宽，孤臣万里客江干。
位卑未敢忘忧国，事定犹须待阖棺。
天地神灵扶庙社，京华父老望和銮。
出师一表通今古，夜半挑灯更细看。

卜算子

陆游

驿外^❶断桥^❷边，寂寞开无主^❸。已是黄昏独自愁，更着^❹风和雨。

无意^❺苦^❻争春^❼，一任^❽群芳^❾妒。零落成泥碾作尘，只有香如故^❿。

字词注释 考点

❶ 驿（yì）外：指荒僻、冷清之地。

❷ 断桥：残破的桥。

❸ 无主：自生自灭，无人照管和玩赏。

❹ 更着：又遭到。

❺ 无意：不想。

❻ 苦：尽力，竭力。

❼ 争春：与百花争奇斗艳。

❽ 一任：全任，完全听凭。

❾ 群芳：这里借指苟且偷安的主和派。

❿ 香如故：香气依旧存在。

译文

荒僻的断桥边，梅花寂寞地绽放，却无人过问。已经是黄昏了，还在独自忧愁，更何况还有风雨的摧残。

并不想费尽心思去争艳斗宠，对百花的妒忌与排斥毫不在乎。即使凋零了，被碾作泥土，依然会像往常那样散发芳香。

197

说词解意 考点

　　这是一首托物言志的词，表达了词人孤高雅洁的志趣。这首词上阕极力渲染梅花饱受风雨的凄清处境。下阕托梅寄志，梅花高洁，并无意相争，即使"群芳"有"妒心"，它依然保持秉性，无惧外物的影响，默默奉献。在词中，以物喻人，用梅花自喻，体现了词人虽人生坎坷，但却不媚俗的忠贞之志。

走近词人

　　陆游的一生充满坎坷，他生于北宋灭亡之际，出生便受颠沛流离之苦，等到了科举入仕的时候，又因为得罪了奸臣秦桧，所以一直未能入仕，直到秦桧死后才得以入仕。陆游虽为人正直，抱有一腔爱国热忱，但一直仕途不顺。1171年，他转投军旅，任职于南郑幕府，但次年幕府就解散。而这首词恰恰就是写于1172年的。

陆游临死都在牵挂国家安危吗?

南宋嘉定二年（1209）秋，爱国忧民的陆游因见国势日渐衰落，不见好转，忧愤成疾，到了冬天就已经卧床不起了。最终陆游在过了年不久便与世长辞了，享年85岁。即便身染重病，他依然为了国事牵肠挂肚，临终之际还留下了绝笔，倾诉爱国之心——

示儿

死去元知万事空，但悲不见九州同。

王师北定中原日，家祭无忘告乃翁。

卜算子·咏梅

毛泽东

风雨送春归，飞雪迎春到。

已是悬崖百丈冰，犹有花枝俏。

俏也不争春，只把春来报。

待到山花烂漫时，她在丛中笑。

词王擂台赛

解释字义

1. 怒发冲冠：＿＿＿＿＿＿＿＿＿。

2. 等闲：＿＿＿＿＿＿＿＿＿＿。

3. 知音：＿＿＿＿＿＿＿＿＿＿。

4. 红酥手：＿＿＿＿＿＿＿＿＿。

5. 尘暗旧貂裘：＿＿＿＿＿＿＿。

6. 月胧明：＿＿＿＿＿＿＿＿＿。

7. 驿外：＿＿＿＿＿＿＿＿＿＿。

8. 断桥：＿＿＿＿＿＿＿＿＿＿。

选一选

1. 岳飞《满江红》中的"靖康耻，犹未雪。臣子恨，何时灭。"直接关联的事件是（　　　）

A、澶渊之盟

B、金灭北宋

C、金灭西辽

D、白登之围

岳飞

陆游

2.（　　）与"无意苦争春，一任群芳妒"写出了梅花共同特征。

A. 待到山花烂漫时，她在丛中笑

B. 梅雪争春未肯降，骚人搁笔费评章

C. 已是悬崖百丈冰，犹有花枝俏

D. 俏也不争春，只把春来报

岳飞

开动脑筋

陆游

我觉着梅花品行高洁，"零落成泥碾作尘，只有香如故"，它"不争春"，只是默默付出。你喜欢什么花，喜欢它的什么品性，请说一说吧！

解释字义

1. 形容愤怒至极
2. 轻易，随便
3. 比喻知己，同志
4. 红润柔嫩的手
5. 这里借用苏秦典故，说自己
   不受重用，未能施展抱负
6. 月光不明
7. 指荒僻、冷清之地
8. 残破的桥

选一选

1. B

2. D

答案

开动脑筋

略

辛弃疾

历尽千帆，不改初心

少年壮志

『词中之龙』

与苏轼合称『苏辛』

政论家

军事将领

『济南二安』

人物介绍

姓名：辛弃疾　　字：原字坦夫，后改字幼安

生卒年：1140—1207

出生地：山东东路济南府历城县（今山东省济南市历城区）

203

青玉案·元夕 ❶

东风夜放花千树❷。更吹落、星如雨❸。宝马雕车香满路。凤箫❹声动，玉壶❺光转，一夜鱼龙舞❻。

蛾儿雪柳黄金缕❼。笑语盈盈❽暗香去。众里寻他千百度。蓦然回首，那人却在，灯火阑珊❾处。

字词注释 考点

❶元夕：元宵节，此夜称元夕或元夜。

❷花千树：花灯之多如千树开花。

❸星如雨：指焰火纷纷，乱落如雨。

❹凤箫：箫的美称。

❺玉壶：比喻明月。

❻鱼龙舞：指舞动鱼形、龙形的彩灯。

❼蛾儿雪柳黄金缕：都是妇女饰物。

❽盈盈：仪态美好的样子。

❾阑珊：暗淡，零落。

译 文

东风在元宵佳节的夜里吹绽了无数的火树银花，更吹落了漫天的焰火，如同流星雨。豪华的马车在飘香的街道驶过。悠扬的箫声四处回荡，玉壶般的明月渐渐西沉，舞动鱼灯、龙灯的队伍到深夜还未散去。

贵妇们头上都戴着华丽的饰物，笑语盈盈地随人群走过，散发出淡淡的香气。我在人群中寻找她千百回，猛然回头，她却在灯火暗淡的地方。

说词解意

　　此词上阕主要写元宵佳节的热闹盛况，以写景为主，极言元宵之夜的欢乐氛围。

　　下阕则转到具体的人物描写，"蛾儿雪柳黄金缕，笑语盈盈暗香去"，写女子的盛装景象，而"众里寻他先百度，蓦然回首，那人却在，灯火阑珊处"可以说是整首词最精彩的地方。至此，读者方才恍然大悟，原来那上阕的花灯、烟火、雕车、凤箫、玉壶都是为这一人所营造，可见词人何其用心、何其情深。当然还有很多评论家认为，这可能是词人在仕途不顺的情况下一种孤芳自赏的写照。

走近词人

　　这首词作于1174年或1175年。当时，南宋国势日益衰败，又面临强敌压境，然而统治者却不思进取，整日沉湎于歌舞享乐，以粉饰太平。面对这样令人担忧的局面，抱有一腔报国热忱的辛弃疾，不免心中生出悲愤和苦闷之情。于是，在这样的场景下，他意欲唤起统治者奋进，创作出了这幅元夕求索图。

205

宋人元宵节的"金吾不禁"

宋朝以前，官府对人们夜间行动限制较多，实行宵禁制度，唐朝时候的夜禁制度很严格，到了夜晚钟鼓响过之后，城内的坊门一律关闭，禁止出行。宋朝渐渐取消了宵禁，人们在晚上也可以上街，逛夜市。不过，再怎样自由，城门还是会定时关的。而上元节灯会期间则是特例，全国各大城市"金吾不禁"，金吾就是警卫的意思，意思就是没人管你进城出城了。不过，灯会一结束，官府就会强令收灯，城门又会恢复之前的启闭时间。

王国维论人生三境

王国维是近代的大学者，他在《人间词话》中说，"古今之成大事业、大学问者，必经过三种之境界。'昨夜西风凋碧树。独上高楼，望尽天涯路'。此第一境也。'衣带渐宽终不悔，为伊消得人憔悴。'此第二境也。'众里寻他千百度，蓦然回首，那人却在，灯火阑珊处'，此第三境也。"这三重境界分别取自晏殊、柳永和辛弃疾的词。

菩萨蛮 · 书江西造口[1]壁

辛弃疾

郁孤台[2]下清江[3]水。中间多少行人泪。西北望长安[4]。可怜[5]无数山。

青山遮不住。毕竟东流去。江晚正愁余[6]。山深闻鹧鸪[7]。

字词注释 考点

1. 造口：一名皂口，在江西万安县南。
2. 郁孤台：在今江西省赣州市城区西北部。
3. 清江：即赣江。
4. 长安：今陕西省西安市，借指北宋都城汴京。
5. 可怜：可惜。
6. 愁余：使我发愁。
7. 鹧鸪：鸟名，啼声凄苦。

译文

郁孤台下的赣江水啊，流淌着多少行人的眼泪。举头眺望故都汴梁，可惜只看到无数青山。

青山怎能遮住江水？终究还是向东流去。江边日暮我愁绪满怀，听到鹧鸪的悲鸣从深山传来。

走近词人

辛弃疾志在北伐中原，恢复国家统一。他有将相之才而无从施展，不管何时何地，无论所见所闻，种种物象，都会激发他的报国之志和悲愤之情。南宋建炎三年（1129），金兵南侵，隆祐太后在造口弃船登陆，逃往赣州。47年后，辛弃疾途经造口，想起从前金兵肆虐、人民受苦的情景，不禁忧伤满怀。于是，作此词。

语文大拓展

鹧鸪的意象

在中国古代诗词中，鹧鸪因为凄苦哀婉的叫声具有多重意象：首先是愁苦之情，比如唐代诗人张籍的"送人发，送人归，白蘋茫茫鹧鸪飞"；其次是羁旅之愁，比如辛弃疾的这首词；最后是历史沧桑感，比如李白的"宫女如花满春殿，只今惟有鹧鸪飞"。

西江月 · 夜行黄沙①道中

辛弃疾

明月别枝惊鹊②，清风半夜鸣蝉。稻花香里说丰年，听取蛙声一片。

七八个星天外，两三点雨山前。旧时茅店③社林④边，路转溪桥忽见⑤。

字词注释 考点

① 黄沙：黄沙岭，在江西上饶的西面。
② 别枝惊鹊：惊动喜鹊飞离树枝。
③ 茅店：茅草盖的乡村客店。
④ 社林：作为土地庙附近的树林。
⑤ 见：同"现"，显现，出现。

译文

皎洁的月光惊飞了枝头喜鹊，清凉的晚风送来一阵蝉鸣。稻花飘香，蛙声阵阵，预示着又是丰收的一年。

天外几颗寥落的星辰，山前下起了淅淅沥沥的小雨。道路转过溪水的源头，村庙树林旁，那家熟悉的盖着茅草的小旅舍，便忽然出现在眼前。

说词解意 考点

这是辛弃疾的一首田园词作，描写的都是日常乡村事物。上阕主要写景，明月、树枝、清风、鸣蝉等渲染了一幅幅夏夜清凉、幽静的和谐明澈的画面，声画同步，使得田园生活的生动活泼、朴实宁静如在读者眼前。

下阕除叙写田园风光外，末句的"旧时茅店社林边，路转溪桥忽见"则将词人沉浸于田园风光，不觉路途遥远的情态描绘了出来。

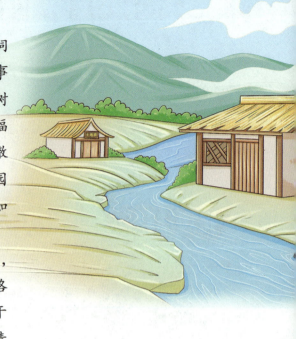

语文大拓展

辛弃疾的祖父——辛赞

辛弃疾出生时，北方就已沦陷于金人之手。他的祖父辛赞无法南下，不得已在金朝当官。尽管如此，他的内心却一直不忘抗金。他对辛弃疾寄予殷切的期望，曾两次让辛弃疾至金都燕京参加进士科考试，借机侦察金人形势，搜集情报。辛弃疾就是深受祖父的感染，立志要恢复中原，报国雪耻。

清平乐 · 村居

辛弃疾

茅檐低小，溪上青青草。醉里吴音相媚好❶，白发谁家翁媪❷？

大儿锄豆❸溪东，中儿正织鸡笼。最喜小儿亡赖❹，溪头卧❺剥莲蓬。

字词注释 考点

❶ 吴音：吴地的方言，此处指江西口音。

❷ 翁媪（ǎo）：老翁、老妇。

❸ 锄豆：锄掉豆田里的草。

❹ 亡（wú）赖：这里指小孩顽皮、淘气。亡，通"无"。

❺ 卧：趴。

译 文

茅檐又低又小，溪边长满了青草。吴音醉人，听起来温柔又美好，那满头白发的是谁家的公婆父老？

大儿子在小溪东边的豆田锄草，二儿子正在家里编织鸡笼。最喜欢顽皮的小儿子，正横卧在溪头草丛，剥着刚摘下的莲蓬。

211

说词解意

这首词是辛弃疾隐居上饶时所作。上阕"茅檐低小，溪上青青草"，用日常生活中司空见惯的几个景物，营造了一个茅屋几间、炊烟袅袅、溪水环绕的乡村环境。

"醉里吴音相媚好，白发谁家翁媪"，下阕主要写人。由白发苍苍的农夫农妇到自己三个行为各不相同的儿子的描写，使田园生活生动活泼、朴实宁静的状态犹在眼前，表达了词人对田园生活的喜爱之情。

语文大拓展

宋词里的美丽乡村

辛弃疾这首词描写了美好的乡村生活，另外一个大词人范成大（1126—1193）继承了白居易、王建、张籍等诗人的现实主义精神，自成一家，也创作了许多反映南宋乡村风光的诗词。比如说他的这首《浣溪沙》：

十里西畴熟稻香。槿花篱落竹丝长。垂垂山果挂青黄。浓雾知秋晨气润，薄云遮日午阴凉。不须飞盖护戎装。

词人笔下描绘出一派丰收、绚丽、生机盎然的乡村风光。

丑奴儿·书博山[1]道中壁

辛弃疾

少年不识愁滋味，爱上层楼。爱上层楼，为赋新词强说愁。

而今识尽[2]愁滋味，欲说还休[3]。欲说还休，却道天凉好个秋。

字词注释 考点

1 博山：在今江西省上饶市广丰区西南。
2 识尽：尝够，深深懂得。
3 休：停止。

译文

少年不懂忧愁的滋味，喜欢登高远望。喜欢登高远望，为了写出新词，没有愁而硬要说有愁。

现在尝尽了忧愁的滋味，想说却说不出。想说却不便说出口，只能说："好凉爽的一个秋天啊！"

说词解意 考点

　　整首词的词眼围绕一个"愁"字，从少年时代的无愁强说愁到深谙世事后的愁情满怀。由心绪的对比变化，可以看出作者内心的痛楚、悲凉。

　　词人创作这首词的时候正值在江西上饶带湖闲居之时，词人满怀爱国热情却报国无门，请愿北上抗金却遭排挤、打压，词中的忧郁、激愤之情可见一斑。

语文大拓展

"济南二安"

　　"济南二安"是指李清照（号易安居士）和辛弃疾（字幼安）。因为两人都是济南人，字号中都有"安"字，而且在文学上都有很高的成就，二位分别为宋代词坛"婉约派"与"豪放派"代表人物。清初文坛领袖王士禛在《花草蒙拾》中称李易安与辛幼安为"济南二安"，云："婉约以易安为宗，豪放为幼安称首，皆吾济南人，难乎为继矣。""济南二安"不仅代表了宋代词坛的最高成就，而且对后世的文学创作产生了深远的影响。

破阵子 · 为陈同甫赋壮词以寄之

辛弃疾

醉里挑灯看剑，梦回吹角连营。八百里❶分麾下炙❷，五十弦❸翻❹塞外声。沙场秋点兵❺。

马作的卢❻飞快，弓如霹雳弦惊。了却君王天下事❼，赢得生前身后名。可怜白发生！

字词注释 考点

❶ 八百里：指牛。《世说新语·汰侈》"晋王恺有良牛，名'八百里驳'"。后诗词多以"八百里"指牛。

❷ 炙：烤肉。

❸ 五十弦：本指瑟，泛指乐器。

❹ 翻：按曲调演奏。

❺ 沙场：战场。

❻ 的卢：一种白额性烈的名马。

❼ 天下事：此指恢复中原之事。

译 文

喝醉了挑亮油灯观看宝剑，梦里又回到不断响起号角声的军营。把烤牛肉分给部下享用，让乐器奏起雄壮的边塞乐舞。这是在战场上秋季阅兵。

战马像的卢马一样飞快，弓箭像惊雷一样离弦。完成君主交给的收复失地的大业，赢得世代相传的美名。（一梦醒来，）可惜已是白发人！

215

说词解意 考点

南宋时期，辛弃疾主张抗金，恢复山河，却遭到朝廷投降派的打压，屡屡受挫。这首词除表现了词人忠君爱国的思想外，还表达了对现实的控诉。

上阕的画面感很强，可谓声情并茂。半醒半醉间，挑亮油灯，抚摸用于杀敌的宝剑。进而鼓声阵阵、铁蹄铮铮，仿佛可以听到上战场抗敌的喊杀声。

下阕描写在战场上弯弓射箭、骑着战马来回奔杀的场景。"了却君王天下事，赢得生前身后名"进一步表达了词人忠君爱国、建功立业的思想。而"可怜白发生"则是梦醒后冷酷的现实写照，令人唏嘘，令人悲叹。

走近词人

淳熙十五年（1188）冬季，辛弃疾与陈亮在江西铅山的鹅湖寺相会，瓢泉共酌，携手同游，纵论国是。陈亮也就是词中的陈同甫。陈亮和辛弃疾同为主战派，积极主张抗金，但是都遭到了朝廷官员的打击。这次他到铅山访辛弃疾，与辛弃疾志同道合，别后两人又诗词唱和，反复赠答，成为文坛佳话，最负盛名的当数这首《破阵子》。

陈亮

辛弃疾

开动小脑筋

这首词最后一句妙在哪里？

词人最后的叹息——"可怜白发生"，使全词感情急转直下，从高峰猛地跌落下来。前面所描绘的盛大的军容，金戈铁马，功在千秋的丰功伟绩，原来不过是一场梦！一句"白发生"，映射出词人现实与梦境的千差万别，他不过是一个备受统治者压制、报国无门的将领，现实中只能空怀满腔热血，不能一展长才。一句"可怜白发生"，包含了作者多少难以诉说的苦闷和愤怒啊！

语文大拓展

词牌——破阵子

《破阵子》是唐代教坊曲。创作于唐贞观七年（633），是秦王破阵配乐的一首曲子，以讨伐叛乱为主题，主要是为了歌颂唐太宗讨伐四方之丰功伟绩。《破阵子》在唐代是大型乐舞，这首曲子仅配舞就用了两千人，这些人都穿着铠甲，拿着军旗，牵着马入场，场面非常壮观。后来宋人的《破阵子》仅是唐代大曲中的一段而已。

南乡子 · 登京口北固亭①有怀

何处望神州②？满眼风光北固楼。千古兴亡多少事，悠悠③。不尽长江滚滚流。

年少万兜鍪④，坐断东南战未休⑤。天下英雄谁敌手⑥？曹刘⑦。生子当如孙仲谋⑧。

字词注释 `考点`

❶ 北固亭：在今镇江市北固山上，下临长江，三面环水。

❷ 神州：这里指中原地区。

❸ 悠悠：形容漫长、久远。

❹ 兜鍪（dōumóu）：头盔，这里指士兵。

❺ 坐断：坐镇，占据，割据。

❻ 敌手：能力相当的对手。

❼ 曹刘：指曹操与刘备。

❽ 孙仲谋：即孙权，三国时吴国创立者。

译文

哪里可以眺望中原？满眼的风光却只有北固楼。千百年的盛衰兴亡有多少事啊，太久远了，如同没有尽头的长江滚滚地奔流。

年少的孙权已统领着千军万马，坐镇东南，连年征战。天下英雄谁是孙权的敌手呢？只有曹操和刘备。难怪曹操说："生儿子就应当是像孙权这样的好汉！"

南宋嘉泰三年（1203）六月末，63岁的辛弃疾重新任职绍兴知府兼浙东安抚使，仅九个月的时间，就因战事紧张，被改派到作为抗金第二道防线的镇江去做知府了。回想当年，孙权曾在这里指挥千军万马，意气风发，无人能敌，对比现在不堪一击的防线，便不免让词人心生感慨，触景生情，创作了此篇。

语文大拓展

借古讽今

借古讽今是诗歌中常见的表现手法，这种手法往往具有深刻意义，就如辛弃疾在这首词中借一代名将孙权的"古"，来讽南宋缺少"坐断东南"的大智大勇之人的"今"；"商女不知亡国恨，隔江犹唱后亭花"是杜牧借陈后主的荒唐无度，讽刺不吸取教训的晚唐统治者等。这种通过古时的人或事来讽刺、影射现实的手法，没有那么铿锵激昂，却能直击痛点，给人警醒。

孙权

大英雄也！

辛弃疾

219

鹧鸪天 · 有客慨然谈功名，因追念少年时事戏作

壮岁❶旌旗拥万夫，锦襜❷突骑渡江初。燕兵夜娖❸银胡䩮❹，汉箭朝飞金仆姑❺。

追往事，叹今吾，春风不染白髭须❻。却将万字平戎策❼，换得东家❽种树书。

字词注释 考点

❶ 壮岁：少壮之时。

❷ 襜：战袍。

❸ 娖（chuò）：整理的意思。

❹ 银胡䩮：银色或镶银的箭袋。

❺ 金仆姑：箭名。

❻ 髭（zī）须：胡子。

❼ 平戎策：平定当时入侵者的策略。

❽ 东家：东邻。

译 文

少壮之时带领着身披战袍的一万多骑兵，发动突袭渡过长江，金人的士兵晚上在准备着箭袋，清晨宋军便万箭齐发，发起进攻。

老啦！追忆往事，感叹如今的自己，春风也不能把我的白胡子染成黑色。只能把长达万字的平定金人的策略，去换东邻农夫关于如何种树的书。

走近词人

辛弃疾是一名不可多得的将帅之才，他年仅21岁的时候就参加了抗金的义军，并在军中参与了机密军务。当起义军打算南下时，一个叫张安国的将领却叛变投金，辛弃疾一怒之下，深入虎穴勇擒张安国。可想而知，辛弃疾年少时是多么意气风发，雄心万丈。再对比晚年，他处处被掣肘、壮志难酬的困境，不免发出如此的感慨。

语文大拓展

金仆姑

金仆姑的典故出自《左传·庄公十一年》："乘丘之役，公以金仆姑射南宫长万。"乘丘这场战斗中，鲁庄公用金仆姑射中宋国的南宫长万。此后金仆姑成为名箭的代名词。除了辛弃疾这首词，唐代欧阳詹的"宝马雕弓金仆姑，龙骧虎视出皇都。扬鞭莫怪轻胡虏，曾在渔阳敌万夫"，以及唐代卢纶的"鹫翎金仆姑，燕尾绣蝥弧。独立扬新令，千营共一呼"，都用了这个典故。

221

太常引 · 建康中秋夜为吕叔潜①赋

一轮秋影转金波②，飞镜③又重磨。把酒问姮娥④：被白发，欺人奈何？

乘风好去，长空万里，直下看山河。斫⑤去桂婆娑⑥，人道是，清光更多。

字词注释

❶ 吕叔潜：名大虬，似为作者朋友。

❷ 金波：形容月光浮动。

❸ 飞镜：指月亮。

❹ 姮（héng）娥：即嫦娥，传说中的月中仙女。

❺ 斫（zhuó）：砍。

❻ 婆娑：树影摇曳的样子。

译文

一轮皓月洒下万里金波，好像铜镜又被磨亮。举起酒杯问那月中的嫦娥：白发欺负我，又增多了，该怎么办呢？

乘风飞上万里长空，俯视大好山河。如果砍去月中摇曳的桂树，人们都会说，这下人间的光辉会更多。

杀敌护国，
恢复国土

说词解意 考点

这是一首借景抒情的词。词的上阕对月抒怀，一句"被白发，欺人奈何？"道尽心中不甘；下阕用一种超现实的想象，写自己意欲直逼月宫、砍桂树，用挡住月光的"桂婆娑"，来隐喻带给人民黑暗的各方势力，抒发出词人想要荡涤黑暗，还被压迫人民一片光明的情怀。

语文大拓展

月中桂树

传说中，嫦娥仙子的广寒宫中有一棵高达500多丈（1丈约为3.33米）的桂树。这棵树十分神奇，一个叫吴刚的人被玉帝罚每天砍桂树，直到把它砍倒为止。但是，桂树每被砍一刀，很快就愈合了，吴刚只能一直砍树。桂树也成了文人骚客笔下的"常客"，如白居易的"遥知天上桂花孤，试问嫦娥更要无"；李商隐的"兔寒蟾冷桂花白，此夜姮娥应断肠"等。

姜夔

屡试不第的艺术全才

文学家

终生未仕

书法家

古代十大音乐家之一

人物介绍

姓名：姜夔　字：尧章　号：白石道人
生卒年：约 1155—1209
出生地：饶州鄱阳（今江西鄱阳）

扬州慢

姜夔

　　淳熙丙申至日，予过维扬。夜雪初霁，荠麦弥望❶。入其城，则四顾萧条，寒水自碧，暮色渐起，戍角悲吟。予怀怆然，感慨今昔，因自度此曲。千岩老人❷以为有《黍离》之悲也。

　　淮左名都❸，竹西佳处，解鞍少驻初程❹。过春风十里❺，尽荠麦青青。自胡马窥江❻去后，废池乔木❼，犹厌言兵。渐黄昏、清角❽吹寒，都在空城。

　　杜郎❾俊赏，算而今、重到须惊。纵豆蔻❿词工，青楼梦好，难赋深情。二十四桥⓫仍在，波心荡、冷月无声。念桥边红药，年年知为谁生？

字词注释 `考点`

❶ 弥望：满眼。

❷ 千岩老人：南宋诗人萧德藻，字东夫，自号千岩老人。姜夔曾跟他学诗。

❸ 淮左名都：指扬州。

❹ 初程：初段行程。

❺ 春风十里：指扬州。

❻ 胡马窥江：指金兵侵略长江流域地区，洗劫扬州。

❼ 废池乔木：荒废的池塘，无人修剪的树木。

❽ 清角：凄清的号角声。

❾ 杜郎：即杜牧。

❿ 豆蔻：形容少女美艳。

⓫ 二十四桥：扬州城内古桥，也叫红药桥。

译 文

　　丙申年冬至这天，我经过扬州。夜雪初晴，放眼望去，全是荠草和麦子。进入扬州，一片萧条，河水碧绿凄冷，天色渐晚，城中响起凄凉的号角。我内心悲凉，感慨于扬州城今昔的变化，于是自创了这支曲子。千岩老人认为这首词有《黍离》的悲凉意蕴。

　　扬州自古是著名的都会，竹西亭更是有名的游览胜地，初到扬州都会解鞍下马停留一会儿。昔日繁华的扬州路，如今长满了荠草和麦子，一片荒凉。自从胡马南侵，洗劫扬州后，残存的古树和废毁的池台，似乎都不愿回首打仗时的惨状。临近黄昏，凄清的号角声响起，回荡在这座残破的空城。

　　杜牧俊逸清赏，料想他现在再来的话，也会感到震惊。即使"豆蔻"词语精工，青楼美梦的诗意很好，也难抒写此刻悲怆的感情。二十四桥依然还在，月下水波荡漾，四下凄冷无声。想那桥边的芍药，是为谁生长为谁开放呢？

姜夔

说词解意

考点

这是一首现实主义题材的词作，全篇以今昔对比来控诉战争的残酷、历史的沧桑。

上阕从"名都""佳处"回忆扬州往日之繁华，与接下来的"荠麦青青""废池乔木"形成鲜明的对比，衬托出战争所带来的萧瑟景象。

下阕重在用典，极言杜牧诗中关于扬州的往日繁华，来反衬今日的满目疮痍，将荒凉、凄冷的景象推到极致。末句的"桥边红药"依然盛开，似乎并不在意残酷的战乱和历史的变迁，更是将那份沧桑之感、历史流变沁入纸背。

词的背后

这首词写于淳熙三年（1176）冬至这一天，姜夔路过扬州所想所感。那么，扬州为什么会如此衰败？主要是扬州经历了两次战乱劫掠，其一是建炎三年（1129），金兵入侵，皇帝、官员仓皇出逃，扬州失守；其二是绍兴三十一年（1161），金朝国主完颜亮攻破扬州，扬州再次被洗劫一空。姜夔见到城内、城外一片萧条景象，联想到古时繁华的扬州和现时的破落，心生感慨，作此词以寄自己的感怀。

227

淮左名都，竹西佳处

"青楼梦好"

"春风十里""豆蔻词工"

"谁知竹西路，歌吹是扬州"

"二十四桥"

开动小脑筋

这首词如何化用杜牧的诗？

在这首词里，姜夔有5个地方"化用"了杜牧的诗句。其中"淮左名都，竹西佳处"，出自《题扬州禅智寺》；"谁知竹西路，歌吹是扬州"，"春风十里"和"豆蔻词工"，出自《赠别二首》；"青楼梦好"，出自《遣怀》；"二十四桥"，出自《寄扬州韩绰判官》。

语文大拓展

淮左名都——扬州

扬州是宋代淮南东路的首府，故称"淮左名都"。从公元前486年吴王夫差筑邗城至今，扬州已有2500多年建城史。秦置广陵县，北周称吴州，隋开皇九年（589）改称扬州。唐武德八年（625），将扬州治所移到江北，不复迁改，从此广陵享有扬州的专名。扬州自古以来都是交通要冲，它处于大运河和长江航运的枢纽位置，商业发达，市肆繁华，更是吸引了大量的文人墨客，留下了大量的诗篇。

长亭怨慢

姜夔

　　余颇喜自制曲。初率意为长短句，然后协以律，故前后阕多不同。桓大司马云："昔年种柳，依依汉南。今看摇落，凄怆江潭。树犹如此，人何以堪。"此语余深爱之。

　　渐吹尽，枝头香絮。是处人家，绿深门户。远浦萦回，暮帆零乱，向何许。阅人多矣，谁得似、长亭树。树若有情时，不会得、青青如此。

　　日暮。望高城不见，只见乱山无数。韦郎❶去也，怎忘得、玉环分付。第一是、早早归来，怕红萼❷无人为主。算空有并刀❸，难剪离愁千缕。

字词注释

❶ 韦郎：《云溪友议》卷中《玉箫记》载，唐韦皋游江夏，与女子玉箫有情，别时留玉指环，约以少则五载，多则七载来娶，后八载不至，玉箫绝食而死。

❷ 红萼：红花，女子自指。

❸ 并（bīng）刀：并州出产的刀剪。

译　文

　　我喜欢自己作曲，开始时随意写下长短句，然后再调整，配以乐曲，所以前后阕有很多不同。桓温大司马曾说："当年汉南种下的依依杨柳，是多么袅娜动人。而今江边潭畔，柳叶片片摇落，让人感到多么凄婉。时光的流逝，春秋的交替，人又岂能逃过岁月的沧桑呢？"这几句话我异常偏爱。

　　风渐渐吹尽枝头上的柳絮，所到的人家掩映在绿荫深处。远处的水岸迂回曲折，暮色里云帆匆匆往返，不知要奔向哪里？见过太多的离别的人，谁能比得上长亭的柳树那么孤寂？柳树若是有情意，定不会年年都如此青翠。

　　天色昏暗，高耸的城郭已经望不见，眼前只有一片乱山。还记得临别时，我向她表示，不会像韦皋那样"忘得玉环分付"，一定会回来的。她还嘱咐：第一是早早归来，免得红花没人怜惜。如今纵有并州制造的剪刀，也剪不断我心头的万缕离愁。

姜夔的一生坎坷，他虽有大才，但却四次科考均名落孙山。屡试不第的他四处漂泊，来往于杭州、扬州、合肥等繁华城市。这期间，他不仅得到了很多有识之士的赏识，也遇到了令他难忘的歌姬，研究者认为姜夔一生近于隐逸，又能风流自赏，游遍了湘、鄂、赣、皖、江、浙一带的好山水，"所以他的诗词，都带一种清雅之气"（刘大杰：《中国文学发展史》），所谓"姜白石词如野云孤飞，去留无迹"（张炎：《词源》），他用音乐贯穿起漫漫人生羁旅中的闪光时刻，终成一代词宗。

开动小脑筋

词中"高城不见"是什么典故？

唐代欧阳詹《初发太原途中寄太原所思》一诗中有"高城已不见，况复城中人"之句。这句意思是诗人渐渐远离，回望已看不到高高的城墙，更不用说城中的人，以此表达对城中人的思念。"望高城不见"即用此事，正切合思念情侣之意。

鹧鸪天·元夕①有所梦

肥水②东流无尽期。当初不合种相思③。梦中未比丹青④见，暗里忽惊山鸟啼。

春未绿，鬓先丝。人间别久不成悲。谁教岁岁红莲夜⑤，两处沉吟各自知。

考点

❸ 种相思：指当初不该种下这段相思情缘。

❶ 元夕：元宵节。

❷ 肥水：即淝水，源出安徽合肥紫蓬山，东南流经将军岭，至施口入巢湖。

❹ 丹青：泛指图画，此处指画像。

❺ 红莲夜：指元夕。

淝水滔滔向东流，永远没有停止的时候。当初真不该留下相思之情。梦里相见还赶不上画像清晰，而这种好梦也常常被山鸟的叫声惊醒。

春草还没有长绿，两鬓却已斑白。离别太久了，连悲伤都无力。是谁让我在这元夕朝思暮想，这种感受，只有你和我心中明白。

232

说词解意

　　这是一首思念佳人的情词。词的上阕用"肥水东流"与"种相思"喻指相思绵绵不绝，即便是在比画作更虚幻的梦中相见，也被鸟啼声惊醒了，便使不得相见的愁闷更深了一层。

　　下阕直抒胸臆，直言离别之久，以至于相思之苦变得沉重麻木了。而末句"谁教岁岁红莲夜，两处沉吟各自知"以一种似问似慨的方式来纾解内心沉重的思虑和悲哀。

语文大拓展

肥水

　　肥水，即淝水，在安徽省境内。淝水自古就是兵家用兵之地，其中最著名的要数"淝水之战"。383年，东晋和前秦发生了一场战争，最终东晋在淝水以八万兵力大胜前秦苻坚的八十余万兵力，成为了历史上著名的以少胜多的战例。成语"风声鹤唳""草木皆兵"的产生就与此次战役有关。在这首词中"肥水"代指了诗人年少情缘的发生地合肥。

词王擂台赛

快问快答

❶ 辛弃疾和陈亮相会被称为什么？

❷《青玉案·元夕》中形容"火树银花"的词句是哪句？

❸《清平乐·村居》中词人的三个孩子分别在做什么？

❹ 辛弃疾哪首词的上下阕用了对比的手法？

❺ "淮左名都，竹西佳处"化用了谁的诗句？

❻《长亭怨慢》按照字数分，应该称作什么？

武

姜夔

填一填

辛弃疾

❶ 郁孤台下清江水，＿＿＿＿＿＿＿＿＿。

❷ ＿＿＿＿＿＿＿＿＿，赢得生前身后名。可怜白发生！

❸ ＿＿＿＿＿＿＿＿＿。蓦然回首，那人却在，灯火阑珊处。

❹ 明月别枝惊鹊，＿＿＿＿＿＿＿＿＿。

❺ ＿＿＿＿＿＿，悠悠。不尽长江滚滚流。

❻ ＿＿＿＿＿＿＿＿＿，飞镜又重磨。

下列理解错误的是（　　）。

A. "梦回吹角连营"是说军营连绵，吹号声把人从梦中唤醒。

B. "八百里分麾下炙"写连绵不断的军营中大家分享牛肉的情景。

C. "五十弦翻塞外声"写出了军营中各种乐器奏出塞外悲壮粗犷的军歌的情景。

D. "沙场秋点兵"记叙了秋天在战场上检阅军队、指挥战斗的场面。

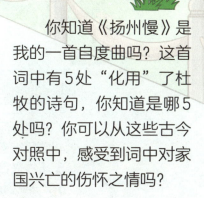

开动脑筋

你知道《扬州慢》是我的一首自度曲吗？这首词中有5处"化用"了杜牧的诗句，你知道是哪5处吗？你可以从这些古今对照中，感受到词中对家国兴亡的伤怀之情吗？

辛弃疾

姜夔

235

1. 鹅湖相会。
2. 东风夜放花千树。更吹落、星如雨。
3. 大儿锄豆溪东，中儿正织鸡笼。最喜小儿亡赖，溪头卧剥莲蓬。
4. 《丑奴儿·书博山道中壁》。
5. 杜牧。
6. 长调。

1. 中间多少行人泪
2. 了却君王天下事
3. 众里寻他千百度
4. 清风半夜鸣蝉
5. 千古兴亡多少事
6. 一轮秋影转金波

略